Kadokawa Fantastic Novels



# 青春豬頭少年不會夢到聖誕服女郎

鴨志田 一

插畫 ● 溝口ケージ

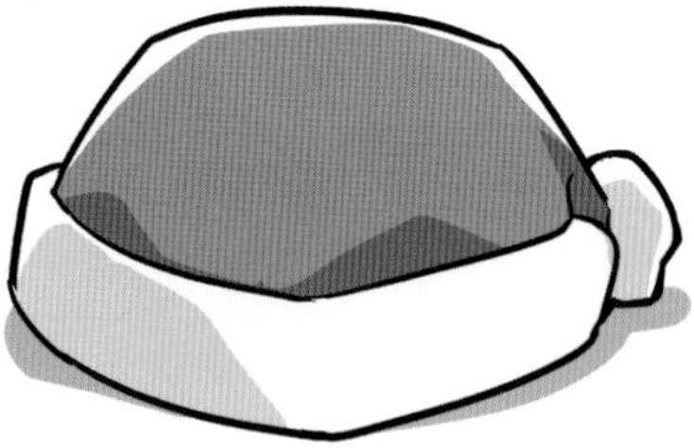


第一章　夢到的世界　009

第二章　麋鹿的工作　091

第三章　Someone　163

第四章　不會夢到聖誕服女郎　231

終　章　The day before　297

橫濱元町的商店街。
因為現在是平日白天，只有零星的路人。
走在其中的迷你裙聖誕女郎
明顯與眾不同。
不過，理所當然般
沒有人在意透子。
所有人都沒察覺透子的存在。

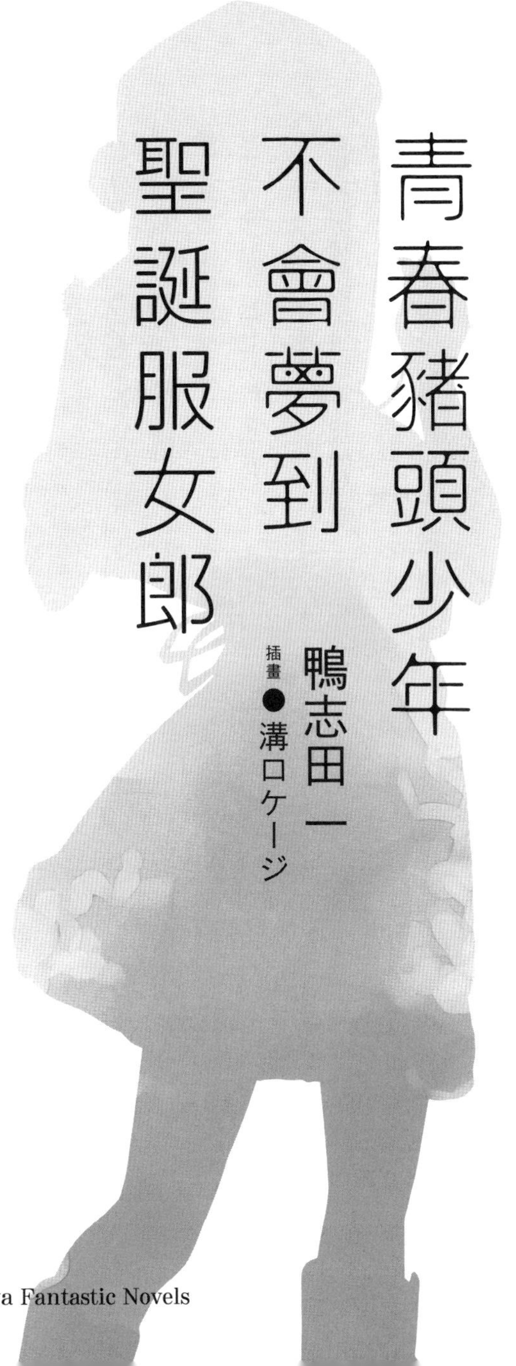

# 青春豬頭少年不會夢到聖誕服女郎

鴨志田一
插畫●溝口ケージ

Kadokawa Fantastic Novels

想要成為　無法成為
我無法成為　想成為的我

無法成為　想要成為
無法成為的我　是想要成為的我

轉啊轉啊繞圈圈　暈眩的迷途孩子
詢問鏡子這個問題　你是誰
總是得到這個回答　你是誰
知道答案的是　沒有名字的某人

節錄自霧島透子〈Someone〉

# 第一章

# 夢到的世界

## 1

這天，梓川咲太在微暗的星空下。

獅子座的軒轅十四；處女座的角宿一；牧夫座的大角星。日落不久就高掛在春季夜空的星辰的光輝，溫柔守護著聚集在地面的人們。

但是沒有任何人仰望星空。超過一萬人的觀眾們只看著某處。

設置在橫濱紅磚倉庫廣場的露天舞臺。

眾人只看著感受得到海風的音樂節舞臺。

位於臺上的是在當紅搖滾樂團客串擔任主唱的一名女性。

所有人的視線集中在她身上。

咲太也目不轉睛地看著她。

清澈的聲音。

舒暢的聲音。

卻又不輸給強而有力的演奏，堅強又美麗的歌聲。

手握麥克風的是咲太熟悉的人物。

家喻戶曉的名人。

從童星時代就大放異彩，如今以演員身分在影劇圈活躍的「櫻島麻衣」。

聚集在舞臺前方的觀眾們彷彿時間停止般動都不動，也沒發出聲音。自從麻衣登場就一直……驚訝地僵住。

咲太對演奏的樂曲有印象。

電視廣告也有採用的霧島透子的代表歌曲。

麻衣正在唱這首歌。

宛如自己的歌曲，高聲歌唱……

宛如自己是霧島透子，大方歌唱……

麻衣在臺上放聲高歌。

觀眾們不發一語，身體沒有跟著節奏擺動，也沒有用手打拍子，依舊茫然佇立在原地。

終於，在會場的驚訝冷卻之前，麻衣唱完一首歌了。

照亮成橘色的紅磚建築物側邊迎來原本的寧靜，傳入耳中的是細微的浪濤聲與風聲。不過在黑暗中確實有著超過一萬名觀眾的氣息。

他們屏息等待。

等待麻衣說話。

壓抑著急的心情等待這一刻到來。

臺上的麻衣應該也感受到觀眾們期待的心情了。正因如此，她害羞一笑。

這小小的一舉一動引起觀眾們的反應，會場的期待感愈來愈強，已經高漲到幾乎要爆炸了。

麻衣深呼吸一次。

然後將放下的麥克風再度移回嘴邊。

「今天要藉這個場合，向各位報告一件事。」

觀眾還沒有反應，定睛仰望舞臺。

「我想應該已經有人察覺了……」

麻衣觀察會場的狀況，在繼續說下去之前先停頓一下。

觀眾們的意識一口氣往前傾。麻衣環視整座會場，承受這一切情緒。

接著，她再度深呼吸一次……

「其實，我就是霧島透子。」

然後她這麼說。

最初的一秒是沉默。

下一秒也繼續沉默。

緊接著，觀眾們累積到現在的期待感一齊爆發了。從忍耐當中解放，停止的時間開始轉動。

震耳欲聾的歡呼聲雷鳴般撼動空氣，會場瞬間被音樂活動特有的亢奮氣氛籠罩。

只聽得到歡呼聲，歡喜的情緒吞沒了會場，具備宛如巨大生物高聲咆哮的魄力。超過一萬名觀眾的情緒，在這一瞬間的這個場所產生了擁有確切意志的某種事物。

只有咲太被留在驚訝之中。

就這樣錯愕地佇立在原地。

被旁邊跳起來的觀眾的肩膀撞到才終於回神。

「那麼，我只再唱一首。」

隨著麻衣的暗號，鼓聲敲響了。

咲太被想站到前排享受演唱會的觀眾們推擠，察覺時已經離開舞臺的正前方。

遠方的舞臺上看得見小小的麻衣，距離是四十公尺……不對，應該有五十公尺吧。

咲太注視只看得見小小身影的麻衣好一陣子，在歌唱到一半的時候就踏出腳步遠離舞臺。不同於打燈的舞臺周圍，逐漸遠離的咲太腳邊幾乎沒有燈光照亮。途中，咲太從褲子口袋取出某個物品。

握在手中的是感覺得到些許重量的手機。

觸碰亮得刺眼的畫面，以熟練的手勢操作，撥打通訊錄最上方……登錄在A行的電話號碼。

抵在耳際的手機傳來三次鈴聲。

『喂，我是赤城。』

電話另一頭是聲音沉穩的郁實。

「我是梓川。」

『我知道……什麼事？』

「有事要拜託妳。」

『你要拜託我？總覺得好恐怖。』

那是開玩笑與認真各半的聲音與態度。

「今天接下來可以見個面嗎？」

『真是突然啊。』

「大概沒時間了。」

咲太這麼說的時候，眼睛看著在臺上唱歌的麻衣。

『……好吧。』

郁實應該有很多問題想反問。再怎麼說也太突然了。即使如此，她還是沒提出任何疑問，尊重咲太說出「沒時間了」這句話的心情。

『要約在哪裡？』

「我現在在紅磚倉庫，約在橫濱站可以嗎？」

『知道了。那麼晚點見。』

觸碰螢幕上的紅色按鍵結束通話。

再也沒發出聲音的手機黑色畫面映著咲太悶悶不樂的臉。

「之後就交給你了。」

咲太看著這張臉，自言自語般呢喃。

直到這個時候，咲太才察覺自己正在作夢。

睜開眼睛一看，麻衣帶著不高興的表情俯視咲太。

「早安，麻衣小姐。」

咲太向戀人道早安，但是不知為何有點難說話。這也是當然的，因為麻衣的手指捏著咲太的臉頰往旁邊拉。

「我說了奇怪的夢話嗎？」

咲太詢問依然不高興的麻衣。

「你在夢中和赤城同學做了什麼事？」

看來這就是她壞了心情的原因。大概是說夢話叫了「赤城」吧。

「好像是用手機打給赤城了。」

咲太據實說出這個奇妙的夢。

「你打電話？」

麻衣回以隱含些許驚訝的確認的話語。

「對。」

「你的手機？」

「是從我的褲子口袋拿出來的，應該是吧。」

「是喔。真奇怪的夢。」

麻衣放開咲太的臉頰，露出疑惑的表情。看來對麻衣來說，咲太帶著手機的狀況果然令她覺得奇怪。咲太從兩人相識至今都沒有手機，這也可說是當然的反應。

咲太起身坐在沙發上環視室內，發現這裡是陌生的房間，有著陌生的氣味。沒有生活感的整潔空間。這裡是昨天入住的箱根溫泉旅館，所以咲太與麻衣都穿著浴衣。

「真的是很奇怪的夢。」

咲太回想般繼續說下去。

「紅磚倉庫的廣場架設舞臺……是所謂的音樂節嗎？麻衣小姐在臺上唱歌，是霧島透子的歌曲……而且唱完之後，妳說自己就是霧島透子。」

「內容亂七八糟，很像是在作夢的感覺耶。」

麻衣有點傻眼般一笑置之。

「……」

然而咲太笑不出來。

察覺這一點的麻衣朝他投以關懷的視線。

「……咲太，你認為這也和最近像是預知夢的事件有關嗎？」

「不能斷言無關吧，畢竟莫名真實。」

右手還留著握住手機的感覺，手心現在依然記得那份重量。麻衣的歌聲縈繞在耳際，仍在腦中響起。

「可是，我沒有在音樂節演出的行程喔。何況那不是我的本行。」

「我想也是。」

「櫻島麻衣」的主要活動是電影、戲劇、廣告與模特兒。雖然以前也有在電影當中展露歌喉，但沒有以音樂人身分活動。

「退一百步來說，今後我有可能接到音樂節的演出邀請，你也可能想要擁有手機……但我絕對不會是霧島透子吧？」

「因為麻衣小姐不是霧島透子。」

麻衣說的沒錯，她可能會接到音樂節的演出邀請，咲太也可能買手機。這兩點在某部分來說不能斷言可能性是零。

不過如同咲太自己所說，麻衣不是透子。所以只有這一點，夢不可能成為現實。

「終究想得太負面了嗎……」

「畢竟最近也發生了很多奇怪的事。」

確實發生很多奇怪的事，不過要說成過去式感覺還太早。

「麻衣小姐呢？有作什麼奇怪的夢嗎？」

「沒有啊，熟睡到天亮。」

「明明是來過夜約會，這樣就某方面來說也不太對吧？」

「難得來到箱根，得好好休養才行。你最好多多利用溫泉療癒自己吧？」

這部分也正如麻衣所說，至少現在最好休養一下。

「那麼，我去大浴場游個泳吧。」

「順便在旅館裡散個步，大約一個小時都不要回房喔。」

「為什麼？」

「因為我也想泡一下房裡的溫泉。」

麻衣看向玻璃門另一側，客房附設的露天溫泉。

「那我也想泡。」

「別說了，你快去吧。」

麻衣筆直指向房間門口。

就在這個時候……

「啊，兩位早安。」

麻衣的經紀人花輪涼子這麼說著，從二樓走下來。

「早安，涼子小姐。」

「早安，花輪小姐。」

「是，兩位早。」

重新開口道早安後……

「對了，麻衣小姐。」

涼子回想起什麼似的向麻衣開口。

「是，什麼事？」

正要將咲太趕出房間的麻衣轉頭看向涼子。

「昨天忘記告訴妳，有接到一個稀奇的通告……」

說完這句話，涼子看向咲太。這是工作的話題。她大概是在猶豫能否在局外人咲太面前說出

口吧。

「既然說稀奇，所以不是電影或戲劇的工作吧？」

麻衣不以為意地問了。

「是音樂方面的。」

涼子避開具體內容回答。

這句話的意義足以令現在的咲太與麻衣產生反應。咲太的視野一角映著麻衣，麻衣也看著咲太。

「難道是音樂節的演出邀請？」

於是，麻衣確認般詢問涼子。

「咦？妳怎麼知道？」

涼子理所當然地吃了一驚。面對這樣的涼子，轉頭相視的麻衣與咲太只能含糊一笑帶過。

## 2

一大早就在包場狀態的大浴場享受溫泉，大快朵頤地吃了餐廳包廂準備的早餐……回到客房度過悠閒時光之後，咲太他們辦完退房手續離開旅館。

來到停車場的時間是上午十一點。

兩人在這裡和自行開車過來的涼子道別。接下來涼子好像要進行最近迷上的烘焙坊巡禮再回去。

「請不要被拍到太多照片喔。」

涼子上車的時候委婉地叮嚀兩人。

「既然說不要太多，所以稍微被拍幾張就沒關係嗎？」

目送涼子的車子離去的咲太向麻衣確認。

「應該沒關係吧？」

麻衣笑著回應。

互相開著這種玩笑的咲太與麻衣也上車了。

起步的車子沿著山道繼續上山，來到箱根登山鐵道的終點站強羅。接下來是由地面纜車與空中纜車取代鐵道成為代步工具。

強羅站周邊的店鋪前方看得見許多二十到三十多歲的情侶。他們一邊面帶笑容交談，一邊挑選伴手禮或是享用糯米丸子。

「涼子小姐說音樂節是在四月一日舉辦。」

「還很久耶。」

今天是適合約會的十二月二十五日，聖誕節，距離音樂節還有三個多月。

「邀請我的是在上個月上映的電影中一起演出的樂團成員，好像要我祕密客串擔任主唱。」

「畢竟在電影裡，麻衣小姐藉由那個樂團的演奏大展歌喉啊。」

「多虧那段劇情成為話題，這次才會發通告給我吧。這麼做可以當成粉絲福利，所以涼子小姐與經紀公司的人似乎也躍躍欲試。」

這確實也有著重現電影場景的意義，所以對知道的人來說，可以現場觀賞與聆聽演唱應該會很開心。

「所以，麻衣小姐，要怎麼做？」

「什麼怎麼做？」

「會接這個通告嗎？還是不接？」

「會接喔。畢竟是先前承蒙照顧的人提出邀請。」

「這麼一來……未來就朝我作的夢更接近一步了。」

四月一日，麻衣站上音樂節的舞臺。

「再來只要我唱霧島透子的歌，爆料自己是霧島透子就可以吧？」

「既然這樣，我也得去買手機才行。」

「那就完美了。」

彼此都沒這個意思，所以能笑著帶過。

「不過，如果未來真的和你作的夢一樣……不就有一件事可以放心嗎？」

發現庭園「箱根花園」招牌的麻衣打方向燈轉入小徑。

「哪件事？」

「至少我到四月一日都會平安無事吧？」

「這一點確實可以放心。」

——找出霧島透子

——麻衣小姐有危險

對於這段訊息的答案還沒找到。

車子停在停車場。麻衣開車抵達的地點，是位於強羅到仙石原的途中，由外國花卉藝術家利用箱根大自然打造的庭園。

「既然知道這一點，那我們要做的只有一件事。」

咲太下車之後，和麻衣踏出腳步。

「是啊。要享受這場約會才行。」

兩人的手自然相繫。

在被冬季凜然的花草包圍的庭園裡散步是一段非常平穩的時間。偶爾會和其他進園的遊客擦身而過，不過幾乎只聽得到兩人的腳步聲與呼吸聲。才剛這麼想，遠方就傳來啄木鳥敲鑿樹幹的聲音。

「啄木鳥在哪裡呢？」

「在哪裡呢？」

兩人試著尋找，卻沒發現啄木鳥的身影，只有叩叩叩的清脆聲響不斷傳來。

最後，咲太與麻衣放棄找啄木鳥，決定在園內的咖啡館小憩。休息的時候，店員說明啄木鳥那個聲音好像是在主張自己的地盤。

後來咲太與麻衣在下午一點多開車回到強羅站附近，享用遲來的午餐。是強羅的人氣美食，以砂鍋燉煮得熱騰騰的滑蛋豆腐豬排鍋。

趁熱將料理吃完之後，開車沿著蜿蜒的山路下山，抵達浪漫特快車的終點站箱根湯本，在商店櫛比鱗次的站前街道選購伴手禮。

咲太買的是木片拼花工藝的杯墊，以及在棉花糖口感的麻糬中夾入小塊羊羹的茶點「湯麻糬」。咲太在店鋪附設的咖啡館和麻衣一起吃過之後，覺得花楓會喜歡而決定買回家。

這樣的咲太與麻衣是在下午三點多離開箱根湯本。路況預報傍晚之後會塞車，所以在車流量增加之前出發。

途中繞路前往小田原，訂了元旦要吃的魚板，在下午五點前回到住慣的藤澤市。

「那我六點之後去你家。」

「好，等妳過來。」

只約好一起吃晚餐，咲太就在公寓前面和麻衣暫時分開。

確認信箱裡沒有任何東西之後搭乘電梯。雖然是只住一晚的旅行，咲太內心卻有「回來了」的真實感受。

走出電梯，站在玄關大門前，這份感覺就愈來愈強烈。

咲太開門進屋。

接著，他聽到屋內傳出某人的說話聲。大概是電視的聲音。昨晚花楓應該住在橫濱市內的老家，但是客廳燈開著，也有某人的氣息。

咲太脫鞋的時候……

「哥哥，你很晚耶。」

花楓抱著愛貓那須野從屋子深處現身。那須野「喵～～」了一聲，肯定是在說歡迎回來。

「以約會回來的時間來說，反倒算早的吧？」

咲太脫掉鞋子走進去。

「話說花楓，妳怎麼在家？昨天是住爸媽那裡吧？」

「那須野獨自在家感覺很可憐，而且我等等六點要打工……還有，我有話想對哥哥說。」

咲太前往客廳時，身後的花楓聲音愈來愈小。不是距離變遠，而是音量變小。腳步聲緊跟在後。

「想說什麼？」

咲太一邊將伴手禮的袋子放在餐桌上，一邊這麼問。

「……」

然而花楓沒有立刻回答。

咲太轉頭一看，花楓不經意移開視線，將那須野放在地上。

剛剛播放廣告的電視回到傍晚的新聞節目。

『剛才也報導過，再次為各位報導各種社群網站連線障礙的新聞。今天從上午開始，數個大型社群網站發生了使用者無法連線的問題。』

畫面顯示文字型社群網站與照片型社群網站的標誌……此外還包括數種社群網站。

「我想說的就是這個。」

花楓指向電視，但是咲太完全聽不懂她在說什麼。

「這個？」

總之咲太先看向花楓手指的電視。此時，男性播報員開始說明連線障礙的原因。

『依照本台收到的情報，據說原因可能是太多使用者同時以「＃夢見」這個標籤留言造成網路塞車。目前似乎持續處於連線困難的狀況。』

男性播報員仔細唸完稿子，以「我想應該也有觀眾知道」這句話為開場白，開始說明網路主題標籤。

「又是『＃夢見』嗎……」

最近聽到這個詞的機會增加，關於這個詞像是預知夢的現象，老實說咲太也很頭痛，無論是直接性還是間接性……

既然新聞節目也拿來報導，感覺應該不是什麼好事。即使新聞內容始終是關於連線障礙的問題……

「花楓，筆電借我一下。」

「啊，嗯。」

咲太在桌上打開筆電，試著連結某個文字型社群網站，不過畫面遲遲沒有切換。即使如此，他還是等待一陣子後，畫面終於顯示出社群網站頁面。看來正如報導所說，確實持續處於連線困難的狀況。

在留言中只鎖定「＃夢見」搜尋。

這次又等了將近一分鐘，好不容易才能檢視留言。

密密麻麻排列著關於夢的話題。

——夢到和男友談分手，說的理由真的一點都沒錯！你就是這種毛病！這樣的內容超好笑的。　#夢見

——拜託饒了我吧。居然夢到考上大學。喂！怎麼是夢！前往東京開始一個人住，覺得棒透了的時候卻醒了！　#夢見

——在夜晚的櫻花樹下賞花，喝太多的大學朋友吐得亂七八糟。我想應該阻止那傢伙喝酒。

#夢見

——被女友甩掉的夢爛透了。被抱怨很多事，最後居然說討厭我拿筷子的方式是怎樣？今天開始會改。　#夢見

都是截取短時間內的夢境，狀況卻莫名具體，說得簡直像是昨天發生的事。這個特徵和咲太作夢的感覺很像。

社群網站上這種留言連綿不絕，至今還在持續增加。不是一兩百則，也不是一兩千則，而是搜尋得到即使說上萬也是數百萬則的留言。換句話說就是有這麼多人在昨晚作夢，以「#夢見」留言抒發心情。

假設寫在網站上的夢境真的都是未來的光景，這個狀況應該如何理解？這個事態會對未來造

成何種影響？

被女友以不喜歡拿筷子的方式為理由甩掉的他，今後或許會學習拿好筷子而免於被甩，也或許只會因為別的理由被甩。這種事必須到時候才知道。

「……」

感覺到視線的咲太從筆電畫面抬頭一看，發現花楓欲言又止般看著他。

「所以花楓，妳作了什麼樣的夢？」

「咦？」

突然被問到的花楓露出吃驚的表情。

「妳想說的是關於夢的事情吧？畢竟也有人說這個會成真。」

「是沒錯啦……」

噘起嘴的花楓看起來有所不滿。想說又不想說——從她的表情看得出這種矛盾的情緒。

「是不好意思說出口的夢嗎？」

咲太朝著買回來的伴手禮袋子伸手。

「不會不好意思，可是……」

「可是？」

「……是另一個我回來的夢。」

咲太的手在拿起伴手禮之前停住了。

他抬頭看向花楓。花楓像要逃離咲太的視線，摸著腳邊那須野的背。

「她和那須野一起在等哥哥回來……」

然後她就這樣蹲著輕聲說了。

「……」

咲太不發一語，拿起伴手禮的麻糬打開包裝，將彷彿一捏就會四分五裂的麻糬甜點扔進嘴裡，還來不及咀嚼就在口腔內融化消失了。

咲太想泡杯喝的，從廚房餐具櫃裡取出分別畫著狸貓與熊貓的馬克杯，在快煮壺內裝水並按下開關。

「妳有什麼煩惱嗎？不小心會讓解離性障礙復發的那種煩惱。」

在狸貓馬克杯裡倒入即溶咖啡粉，在熊貓馬克杯裡倒入可可粉。

「我不是哥哥，所以還是會有煩惱的喔。」

「比方說？」

快煮壺裡的水開始冒泡沸騰。順帶一提，咲太也是有煩惱的。

「像是未來的方向。」

花楓以不情不願的語氣簡短回應。

「還真是健全的煩惱啊。很有高二冬天的感覺，不是很好嗎？」

將沸騰的開水注入狸貓與熊貓馬克杯。咖啡微苦的香氣混著可可的甘甜香氣裊裊升起。

「哥哥沒煩惱過未來出路吧？」

「我也煩惱過喔。煩惱要是落榜該怎麼向麻衣小姐解釋。」

咲太把熊貓馬克杯遞給花楓。

「但結果不是考上了嗎？」

「因為我想不到該怎麼解釋才能讓麻衣小姐接受，就拚命努力用功。」

「……」

花楓默默喝了一口熱可可。

「如果沒考上大學，哥哥打算怎麼向麻衣小姐解釋？」

「教我念書的是麻衣小姐對吧？」

「嗯。」

「所以，我應該會說『我覺得麻衣小姐的教學方式也有錯』這樣吧？」

「……」

不知為何，花楓就這樣張著嘴僵住——所謂的啞口無言。

「我當然會說得像在開玩笑啊。」

「正常來想，就算是開玩笑也不會這麼說。應該說不敢這麼說。」

「所以我實際上也沒說啊。」

花楓「唉」地深深嘆息。不過說來神奇，她的表情有一抹開朗，嘴角看起來也像在笑。

「那我沒考上大學就是哥哥的錯嘍。」

「為什麼會變成這樣？」

「因為我也要考大學。」

「妳不是剛才還在說正煩惱未來出路嗎？」

「我現在決定了。雖然還不太適應人多的地方……我昨天聽小美說，她的第一志願是哥哥念的大學。」

花楓說的「小美」是宛如兒時玩伴這種存在的鹿野琴美。

「如果有小美作伴，我也想讀那所大學看看……不行嗎？」

「可以啊。」

「可是，以這種動機決定未來方向沒問題嗎？」

「我的動機也是想和麻衣小姐念同一所大學喔。」

「哥哥只是對麻衣小姐百依百順吧？」

「我看起來是這種感覺嗎……」

雖然是事實，不過連親妹妹都說「百依百順」，咲太還是有點受到打擊。

「總之以妳的狀況，念大學是因為想多外出，想讓自己能出遠門之類……主要是這種心態上的問題吧？」

「是沒錯……但是不要這樣明講出來啦，我會害羞。」

「既然這樣，就照妳的意思去做吧。」

「嗯……謝謝。」

「話說時間不要緊嗎？妳六點要打工吧？」

看向時鐘，已經超過五點四十分。

「啊～～！哥哥，你要早點說啦！」

花楓匆忙跑進自己房間。緊接著，她只在原本的衣服外面披上一件大衣，再度匆忙衝出房間，就這樣跑向玄關。

「那麼，我出門了！」

只有聲音傳到客廳這裡。

「好，路上小心。」

「哥哥，幫我鎖門喔！」

「收到。」

咲太一邊回應一邊走向玄關的時候，已經看不見花楓的身影。門發出喀嚓的聲音關上。咲太乖乖上鎖，回到客廳。

「『楓』的夢嗎……」

這句呢喃下意識地脫口而出。

如果這個夢變成現實，對咲太來說非同小可。妹妹克服解離性障礙，從「楓」回復為「花楓」的時候，他聽醫生說「復發的可能性並不是零」。就是這樣的疾病。

不過，咲太不曾試著將這件事和「楓」連結在一起。即使再度出現解離性障礙，也不一定會以同樣的形式發病，所以咲太要自己不去想。

尤其在花楓克服高中入學測驗之後……

在她就讀函授制高中又開始打工後就更不用說了。

因為花楓以花楓的身分極為正常地過著理所當然的每一天，甚至不必擔心復發的可能性。

「哎，只能好好注意，在旁守護了吧。」

向那須野這麼說完，得到「喵～」這個可靠的回應。

咲太想休息一下，伸手拿起餐桌上的馬克杯。喝了一口稍微變涼的咖啡時，電話忽然映入眼簾。

「啊，對了……」

咲太想到要確認一件事。

他拿起話筒，搜尋模糊的記憶，依序撥打十一個號碼。是夢中看見的赤城郁實的手機號碼。

抵在耳際的話筒傳來鈴聲。電話正在呼叫對方，證明這個號碼有人使用。

不過，鈴聲響到第五次也沒接通。沒人接電話。

結果直接轉到語音信箱。

咲太在語音信箱留言。

「請問這是赤城郁實小姐的手機號碼嗎？我是梓川咲太。如果號碼沒錯，希望妳可以回電。打擾了。」

咲太說完用意後掛掉電話。咲太覺得如果電話真的有打給郁實，她會立刻回電。以郁實正經又守規矩的個性，聽完留言應該會立刻採取行動。

預測命中，只等待一分鐘，電話就響了。

電話螢幕顯示咲太剛才撥打的號碼。

「喂？」

對方不一定是郁實，所以咲太以鄭重的態度接電話。

『我是赤城。』

另一頭傳來同樣鄭重的聲音。

不過，這個沉穩的聲音肯定是郁實沒錯。

「啊，是我，梓川。」

這次咲太以平常的態度回答。

『嗯。』

郁實則以頷首般的小小聲音回應。

「抱歉，在這種日子突然打電話給妳。」

今天是十二月二十五日，聖誕節當天。

『沒關係。聖誕晚會也已經收拾完畢了。』

「妳說的是課輔志工的活動嗎？」

『嗯。幸好大家玩得開心。』

「應該很有成就感吧。」

『我才要問梓川同學，你明明有一位出色的女友，打電話給我沒問題嗎？』

「今天已經好好約過會了，接下來也約好要一起吃晚餐。」

『所以？我的電話號碼，是誰告訴你的？』

郁實不聽咲太曬恩愛，進入正題。

「沒有任何人告訴我。」

『那你怎麼會知道？』
「在夢裡看見的。夢裡我打了電話給妳。」
『意思是你記得這個號碼，試著打電話給我？』
「和妳說話可以長話短說，真是幫了大忙。」
『這讓我……滿不舒服的。』
「妳說妳覺得不舒服，原因應該在於這個狀況吧？」
『一半是。』
「另一半是我嗎？」
『……』
得到的回應是沉默。代表肯定的沉默。既然這樣，希望她至少承認「沒錯」。
『梓川同學，你作的夢是今天上新聞的那個吧？』
「應該是。」
『既然我的手機號碼是真的，或許你真的看見未來了。』
明明在聊不得了的話題，郁實卻莫名鎮靜。不過咲太覺得這也很像她的個性。說到「思春期症候群」這個不可思議的現象，郁實自己也是過來人。正因如此，她的心態變得柔軟，認為也可能發生這種事。

「我為了確認這一點才打電話給妳。這麼突然真的很抱歉。」

『不用在意。因為關於這件事，我也有話要跟你說。』

「赤城，難道妳也作了夢？」

『應該是和你同一天同一時間的夢。因為我夢見你打電話給我。』

「……這樣啊。」

咲太感到驚訝，但是不知該從哪裡開始驚訝，所以腦袋不可思議地冷靜。

「我在夢裡說了什麼？」

『你突然打給我，問我今天能不能在橫濱站見面，好像是有事情要拜託我，態度很嚴肅。還有，來電號碼是手機，是在太陽下山後打來。』

「確實和我作的夢一樣。」

差異在於是打電話的一方還是接電話的一方。只有咲太視角與郁實視角的差異，除此之外完全一致。

天底下有這種偶然嗎？當然或許有吧。不過既然變成也上了新聞的狀況，咲太完全不想以單純的偶然來解釋。

『欸，梓川同學。』

咲太還沒整理好思緒時，郁實主動叫了他。

「嗯？」

『我因此察覺到一件事。』

「因為那場夢？」

『我好像知道那場夢的真面目了。』

「真的嗎……？」

咲太音量突然變大，害那須野在沙發上嚇一跳。

『那場夢其實是——』

咲太就這樣目不轉睛地看著電話的按鍵，聆聽郁實接下來說出的話。不過咲太沒察覺自己在看按鍵，注意力集中在耳朵，集中在郁實的話語。

郁實的話語當中存在著只有郁實才會察覺的答案。這個答案令咲太感到困惑，但是內心有一個更能接受這個說法的自己。感覺郁實就是如此正確地形容那場夢的真面目。

「既然妳這麼說，那應該就是這麼回事吧。」

# 3

聖誕節過後，聖誕老人、麋鹿與聖誕樹的裝飾從街上消失，取而代之的是年底特有的浮躁氣氛隨著寒流迎面而來。

街道與人們都像在尋找年內未完成的事情般靜不下來。所有人都是冷得縮起身子快步往來，洋溢著像是被某種東西追著跑的焦躁感。

每年慣例的年關氣氛。

和往年唯一的不同點在於今年誕生了「＃夢見」這個詞，聽聞這個詞的機會也增加了。

藉由連線障礙的新聞在無線電視台華麗出道的「＃夢見」，後來將活躍的舞臺轉移到綜合資訊節目，連日成為取材的對象。

女高中生述說夢境成真的親身經驗，攝影棚裡的名嘴一臉正經地拿這個超自然話題展開自己的論述。

冷靜想想挺滑稽的，然而不知道是沒有別的事件能報導還是收視率意外地好，這個話題在節目分配到的時間與日俱增。

「＃夢見」在咲太的周圍也展現存在感，今年底幾乎每天都會聽別人說到夢的話題。

十二月二十八日，星期三。

在今年最後一次打工擔任講師的補習班，也熱烈討論著「＃夢見」的話題。

「老師，你很慢耶。」

咲太一抵達補習班就聽到這個不滿的聲音。

在自由空間等待的是咲太負責的學生之一，就讀咲太的母校峰原高中一年級的山田健人。

「山田同學真難得這麼早來。」

平常的健人都是在快上課的時候來，而且大多是第一個離開。不喜歡念書，要他在自習室用功根本不可能。但他從來沒遲到過，是看起來不正經，本性卻很正經的學生。

「咲太老師，這裡這裡。」

健人招手邀咲太到自由空間的牆邊，咲太只好走向他。

「今天的課，我可以不上嗎？」

健人隨即突然這麼說。

「總之先聽聽你的理由吧？」

咲太回以理所當然的問題。接著，健人首先確認周圍沒人，再觀察似的看向教職員室。

「老師，耳朵借我。」

知道沒任何人之後，他輕聲這麼說了。

「我可不想和男生說悄悄話。」

咲太說出不滿，但事情也不會因而有所進展，所以他只能照做。

「我在平安夜作了夢。」

「怎樣的夢？」

「就是……在江之島和吉和約會的夢。」

「那還真是有夢想啊。」

「夢裡有生魩仔魚，所以大概是開放捕撈的三月底或四月左右吧？她餵我吃霜淇淋，還牽我的手……」

原本就小的聲音逐漸被害羞埋沒。最後隨著健人低下頭，就完全聽不到聲音了。

話只說到一半，咲太卻知道健人想說什麼。

「總歸來說，現在遇見吉和同學會尷尬，所以你想蹺掉今天的課？」

「沒錯！」

「逃避的話會變得更不好意思喔。」

咲太暫且說出率直的感想。

「老師的大道理好煩人喔。」

「這是大家都知道的道理喔。」

「總之，拜託！」

健人合起雙手懇求。

「山田同學，你不久之前還喜歡姬路同學吧？」

「哇～～！老師，太大聲了啦！」

「你比較大聲喔。」

健人連忙注意周圍，幸好現在自由空間裡只有咲太與健人。雖然教職員室有人影，但應該沒聽到詳細的對話內容。

「姬路同學那邊，該怎麼說，算是被劃清界線嗎……」

健人露出鬧彆扭般的表情，說出早就該知道的事。

「發生了什麼事嗎？」

「平安夜……我在藤澤站巧遇她。」

紗良那天和咲太與麻衣在一起，離開的時候有送她到藤澤站，所以應該是後來發生的事。而且說到平安夜，依照樹里之前作的夢……健人好像也是在這一天被紗良拒絕。

「她突然對我說『抱歉之前害你誤會了』這種話……說她有喜歡的人。當然不是我。」

「所以你後來怎麼做？」

「總之我對姬路同學說聖誕快樂，然後被她笑了。」

儘管當事人似乎沒有自覺，不過聽在紗良耳裡應該是時機抓得剛剛好的一句話吧。當時紗良以自己的方式做個了結，感覺這樣的結局對她而言可說是「太好了」。

「然後你偏偏就在當天晚上夢見吉和同學是吧。真是青春洋溢耶。」

「睡著之後就自己作了這個夢，我也沒辦法啊。」

「哎，不過山田同學，只是作夢的話應該沒問題吧？畢竟只是夢。何況你不是不相信『#夢見』這種超自然現象嗎？」

「雖然不相信，可是吉和也可能作同樣的夢啊！社群網站上有很多這種人！」

今天的健人意外敏銳。順帶一提，咲太與郁實也作了同樣的夢。郁實在咲太的夢裡登場，咲太在郁實的夢裡登場。

按照同樣的道理，要是樹里有作夢，或許也是和健人在江之島約會的夢。這麼一來確實會很尷尬。

「就算這樣，你只要裝出沒作夢的樣子，表現得一如往常就好了吧？」

「老師，你認為我做得到這種事嗎？」

「哎，我認為你做不到才這麼說。」

「好過分！」

「假設吉和同學和你作了同樣的夢也沒差。她的個性比較冷靜，反倒會露出若無其事的表情吧？這樣你也不會意識到這件事啊。」

「這，或許吧……」

咲太的話語即將說服健人的瞬間，一名學生開門進入補習班。正是現在成為話題的人物，在沖繩舉辦的沙灘排球賽稍微曬黑了的吉和樹里。

一發現咲太與健人，她的身體就猛然一顫，視線游移，明顯轉頭迴避咲太，不對，是迴避健人。才剛這麼想，她就快步走向教室，簡直形容為逃走比較正確。

「看來吉和同學也作了同樣的夢吧。」

咲太自言自語，身旁的健人滿臉通紅。

當然，這天的課程幾乎毫無進度可言。健人與樹里……兩人極度在意彼此，教室在這八十分鐘內只洋溢著這股青澀的氣氛。

然後課才剛上完，兩人就爭先恐後逃也似的踏上歸途。

「祝你們有個好年……唔，應該沒聽到吧？」

目送這樣的兩人離開之後，咲太和理央交棒給他負責的虎之介單獨進行簡單的面談。話是這麼說，卻是站在自由空間以閒聊的形式進行……

「加西同學，由我負責真的沒問題嗎？」

「請老師多多指教。」

虎之介縮起高大的身軀，有禮地鞠躬致意。這方面很像階級關係明確的運動社團。

「就算沒考上雙葉就讀的大學也別恨我喔。」

「我在平安夜夢到模擬考的評等墊底。」

「依照量子力學，未來似乎不是固定的，所以彼此一起努力吧。」

這麼一來，無論如何只能讓他考上了。至少咲太負責的科目不能扯他後腿。

後來討論年後開始的上課日程，面談就此結束。不過咲太在離開的時候被虎之介叫住。

「對了，梓川老師。」

「嗯？」

「紗良的事情謝謝您。」

「你聽姬路同學說了什麼嗎？」

「昨天社團活動結束回家，我在家門口和紗良聊天……那個，聊了各種事。」

以紗良的個性，應該會在交談時巧妙地省略關於思春期症候群與霧島透子的事。虎之介也以「各種事」三個字總結，可見當時真的聊了各種事情吧，也包括兒時玩伴才有的回憶，而且這麼做至少足以消除虎之介對於紗良的擔憂。

「她有對你提到雙葉的事嗎？」

「啊，有。紗良說暫時會由雙葉老師指導。」

沒錯，如同那天所說，咲太不再負責紗良，由理央接棒。不過咲太不是在問虎之介這個。

「我不是問這件事，是關於你的戀愛問題。」

「啊，關於這個，總之，該怎麼說……『既然你甩了我，要是你被甩了，我可不會放過你。』她對我說了這樣的話。」

「真像她的作風。」

「說得也是，真的。」

虎之介露出為難的表情深深同意。

這天的補習班講師打工到此結束，咲太目送虎之介離開之後也踏上歸途。已經變暗的天空有薄薄的雲朵飄過，在雲層縫隙間不時可以看見星星。

「話說回來，關於夢的話題也太多了。」

咲太還是想發個牢騷。

今年只剩下沒幾天了。新的一年來臨之後，大家就會忘記「#夢見」嗎？

但願如此的心情以及不會如願的預感同時存在於咲太心中。

## 4

過完年的一月三日。

中午過後，咲太帶著麻衣到橫濱市內的老家。

任憑電視播放著相較於元旦與二日沒那麼亢奮的新年節目，咲太睽違一年享用了母親做的年糕湯。昨天就住在老家的花楓也一起吃。

碗裡有年糕、雞肉、白菜、紅蘿蔔，還加了漂亮的紅白魚板。魚板是箱根回程途中在小田原訂購，指定配合新年期間寄到老家。

「麻衣小姐，謝謝妳寄魚板給我們。」

咲太大快朵頤的時候，母親向麻衣這麼說。

「咦，寄件人的名字是我吧？」

「貼心準備的人是麻衣小姐吧？」

麻衣不發一語，以笑容表示肯定。

「不愧是我媽，很懂我。」

「這孩子真是的……」

麻衣微笑看著咲太與母親的這段互動。

吃完午餐之後，咲太與父親負責收拾餐具，母親、花楓與麻衣三人在客廳收看新年節目的後續。

節目主持人說「為您插播一則新聞」，然後畫面切換成新聞部的年邁男性播報員。

播報員鞠了躬，以沉穩的聲音唸出新聞。

『昨日清晨，在神奈川縣橫濱市的住宅區，一名邊走邊折彎車牌的男性被以現行犯逮捕。警方接獲附近居民報案趕到現場時，男性使用類似扳手的工具破壞了十幾輛車。記者採訪警方得知，男性供稱「夢見自己到了四月還是沒找到工作，心情很糟才會這麼做」。推測為該名男性使用的網路社群帳號，在去年的十二月二十五日有附上「＃夢見」的標籤留言，留言和本次案件的關連性以及詳細原委，將會在今後的搜查過程揭曉。以上是來自新聞部的報導。』

男性播報員鞠躬之後，短短的新聞結束。

畫面回到新年節目，電視隨即響起開朗的聲音。

「真是奇怪的案件耶。」

母親感慨地低語。

「是啊。」

麻衣對此點了點頭，除此之外也無從回應。

確實，這正是奇怪的案件。

經由夢境得知未來而壞了心情，拿別人的車子發洩，這種事並不正常。無法視為正常的這種案件，在正常的新聞節目中播放。

坦白說只覺得突兀。

然而這是正在發生的事，是實際發生的案件。不是網路上的超自然報導，而是被當成電視新聞，警察出動辦案，有人前往採訪。

因為社群網站連線障礙而變普及的「＃夢見」話題違背了咲太的願望，在過完年的現在依然是社會上的主流話題之一。「＃夢見」的存在感沒有隨著時間變淡，反而明顯增強。

「對了，麻衣小姐作了什麼樣的夢？」

花楓不經意發問。這個問題是以「有作夢」為前提，咲太並不覺得突兀。

「我沒作夢。」

麻衣的回應很平常，和那天早上聽到的回答一樣，沒有任何奇怪之處。然而不可思議的是，咲太莫名覺得不對勁。

「啊，這樣啊。」

花楓也做出感到意外的反應。這證明花楓也認為作夢是理所當然。

因為許多年輕人在平安夜作了夢，咲太有作夢；花楓也有作夢；健人、樹里、虎之介都有作夢；郁實則作了和咲太同樣的夢。

在咲太周圍，沒作夢的只有麻衣一人。花楓周圍應該也是這樣，所以她聽到麻衣的回答之後愣住了。

不知道是不是單純的巧合。

『好的，接下來是來自神奈川縣江之島的現場連線！』

電視螢幕上映著身穿華美和服的女性播報員。

看見這一幕的母親回想起什麼似的轉向麻衣。

「對了，麻衣小姐，妳是今年吧？成人式……不對，現在要說二十歲的集會？」

「啊，是的，下週就到了。」

「妳會穿和服嗎？」

「昨晚家母突然來我家，說了『妳穿這個吧』留下衣服給我。」

麻衣從包包取出手機，說著「就是這套」打開照片給母親與花楓看。

「哇，好漂亮的顏色。絕對很適合麻衣小姐。」

花楓發出感動的聲音。

「真的好美。也期待花楓滿二十歲喔。」

「我還很久啦。」

「再三年對吧？」

「所以還很久啦。」

聽著麻衣、花楓與母親……三人令人會心一笑的對話，剛才浮現的疑問沒有消失，依然留在咲太的腦海。

為什麼麻衣沒作夢？

到了下午四點多，窗外開始變暗的時候，咲太說著「差不多該走了」站起來。身旁已經起身的麻衣拿著大衣與包包。

「吃完晚飯再走啊。」

「我晚點要打工。下次會在比較有空的時候回來。」

「哥哥，你昨天也有排班對吧？明明要過年……」

「明天與後天也有排班喔。」

聊著這個話題走出玄關一看，仰望的天空有一半已經是黑夜。西方天空染上一抹橙色，延伸過來是淡淡的藍色，再從群青色變為夜晚的景色。

「再見。」

「先告辭了。」

父親與母親送兩人到公寓樓下。咲太與麻衣向他們與花楓揮揮手，然後前往車子停放的附近的停車場。

繳了三小時的停車費之後，麻衣開動車子。

導航畫面顯示回藤澤的路線。

「麻衣小姐，可以借一下手機嗎？」

被紅燈擋下的時候，咲太這麼問。

「可以啊。」

咲太代替手握方向盤的麻衣，從後座包包取出裝了兔耳保護套的手機。

「這要怎麼解鎖？」

「把畫面朝向我。」

手機精準地認出麻衣的臉解除鎖定。真是乖巧的手機。

綠燈亮了，咲太在起步的車內副駕駛座上打電話。

鈴聲還沒響完第一聲，電話就接通了。

『姊姊，什麼事？怎麼了？』

傳來的是非常興奮的和香的聲音。

「是我。」

『幹嘛？有什麼事？』

咲太只是出個聲，和香的心情就從山頂掉到山腳。不對，是直接滾到谷底。

「現在方便嗎？」

『我是因為舞蹈課正在休息才會接電話啦。』

聽起來不滿的語氣是在催促咲太快點說明用意。

「明明才三日卻這麼努力啊。」

『下一場演唱會快到了。所以有什麼事？』

「豐濱，妳在平安夜也有作夢嗎？」

咲太這麼一問，手握方向盤的麻衣一瞬間瞥過來。但她的視線立刻移回前方行駛中的車輛，只有耳朵注意著咲太的方向。

『啊？怎麼突然問這個？』

「別管這麼多，快告訴我。」

『有啊，我夢見在橫濱的表演廳舉辦演唱會。卯月也……應該說我們所有成員都夢見在同樣的會場舉辦演唱會。』

「還真厲害耶。」

『哎，畢竟早就預定四月一日要在那裡舉辦演唱會了，大家都沒有很驚訝。』

「不，這時候應該要驚訝吧？」

不過如果卯月說出「這是怎樣，好猛！我們果然是命中註定嘛！」這種話，感覺話題或許會就此打住……

『所以咲太，這件事怎麼了？』

「我只是想問妳有沒有作夢。」

所以事情辦完了。有作夢嗎？還是沒作夢？和香有作夢；卯月也有作夢；甜蜜子彈的其他成員都有作夢。現在只要知道這一點就夠了。

「抱歉在休息的時候打擾妳，再見。」

『啊，等一下……！』

事情已經辦完，所以咲太不以為意地掛掉電話。和香還想說些什麼，或許會再打來，不過即使等了十秒左右，手機也沒響。可能是休息時間快結束了，也可能是她想說算了。這對咲太來說一點都不重要。

「麻衣小姐，謝謝妳借我手機。」

咲太將借用的手機收回麻衣的包包。

麻衣像在等待這一刻般開口。

「咲太，你很在意我沒作夢嗎？」

「因為我身邊只有妳是例外。」

「但我比較在意你作了奇怪的夢耶。」

「哎，是沒錯啦……」

麻衣的說法是對的。原本應該是作了奇怪的夢的咲太比較奇怪，是花楓與郁實、和香與卯月、健人與樹里比較奇怪。

「說到沒作夢，你父母也一樣沒作夢吧？」

父親與母親確實是這麼說的。他們說沒作過像是現實的夢。

「可是我爸媽是大人，不是思春期的年紀。」

如果作那種夢是思春期症候群，應該只有這種年紀的人會發作，但是到幾歲符合資格就不得而知……

「那麼，或許我也已經不是思春期了。」

麻衣理所當然般輕聲說道。這句話具有更勝於話語的說服力。

「因為麻衣小姐在各方面已經是大人了啊。」

「咲太你也快點變成大人吧。」

麻衣打趣地笑著這麼說。

「這麼一來就不會因為思春期症候群受苦了。」

這應該是最好的解決方法吧。問題在於大人的定義很模糊，既然年輕人會因為精神層面不穩定而思春期症候群發作，至少肯定不是只要歲數變多就好。在這種狀況下，必須是內在有所成長才算大人。這麼想就覺得麻衣顯然符合大人的定義。

「……換句話說，麻衣小姐說的沒錯嗎……」

「嗯？」

「有問題的是作了怪夢的我們。」

「以你的狀況，還包括你看見了我看不見的聖誕女郎。」

「聽妳這麼說就覺得我這個人相當不妙。」

從客觀的角度來看真的很不妙。

「願意對這樣的男友表示理解與體諒，你要稍微感謝我這個出色的女友喔。」

「總之，我想在期末考結束之後去上駕訓班，至少換成由我開車載妳。」

咲太揭露隱瞞至今的其中一個祕密之後……

「所以你才會在寒假期間排那麼多打工啊。」

麻衣說著對他露出笑容。

# 5

兩天後的一月五日。這天，咲太從傍晚五點到連鎖餐廳打工。從二日算起來是連續四天上班，這都是為了存上駕訓班的資金。

咲太因為冬季的寒冷而縮起身體，開門進入店內。

「歡迎光臨。」

清脆的鈴聲之後傳來充滿活力的開朗聲音，前來接待的是嬌小的女服務生。直到昨天都沒在這裡看過的女高中生，不過是咲太非常熟悉的對象。

「我不是客人，所以要說『早安』才對。」

咲太身為打工的前輩，對胸前別上寫著「研習中」的徽章的姬路紗良說明。

「老師要先嚇一跳啊。正常的話不是會說『妳為什麼在這裡？』或是『怎麼突然這樣？』之類嗎？」

紗良露出鬧彆扭的表情，對咲太表達抗議之意。

「妳開始打工了吧？看了就知道。」

「真是的，好無聊。」

沒能從咲太那裡得到預期的反應，紗良倍感不滿。咲太對此適度地當耳邊風進入店內，說著「早安」打招呼並經過廚房前方，走進休息區。

紗良的腳步聲如影隨形緊跟在後。

「老師，這套制服可不可愛？」

「很適合妳。」

咲太頭也不回地這麼回應。

「真的嗎？太棒了！」

即使如此，紗良還是開心地拍手。

咲太走進置物櫃後方，開始換上服務生的制服。首先將全身脫到剩下一條內褲。

「啊，對了，姬路同學。」

咲太雙手套進上衣的袖子，在扣上釦子的同時隔著置物櫃搭話。紗良的氣息還留在休息區。

「什麼事？」

「平安夜妳有作夢嗎？」

「有啊。」

「怎樣的夢？」

「和朋友去江之島玩的夢。」

「江之島啊……」

地點和健人作的夢一樣，樹里恐怕也一樣。

「該不會有看見山田同學吧？」

扣好釦子之後，咲太將一條腿套進長褲裡。

「有看見，正在和吉和同學約會。明明說過喜歡我，山田同學很過分對吧？」

「是因為妳和他劃清界線，他才會移情別戀吧？」

繫緊腰帶綁好圍裙之後，咲太走出置物櫃後方。

「是從山田同學那裡聽來的吧？我被咲太老師甩掉那天的事。」

紗良故意用這種說法，然後噘起嘴。

「咦？」

此時，一個變調的聲音介入對話。出聲的不是咲太，也不是紗良。

休息區入口站著穿了女服務生制服的朋繪。

從時間點判斷，恐怕是聽到了「被咲太老師甩掉」這部分。正因如此，朋繪才會驚呼。

「怎麼了，古賀？」

咲太先裝作若無其事地發問。

「啊，嗯。我想教姬路同學操作收銀機，但她不在外場。」
換句話說，她是來找紗良的。
「那麼，這件事就請咲太老師教我吧。」
紗良故意走到咲太身旁，抓住他的手肘。朋繪的視線投向抓住咲太的紗良的右手，反射性地看向該處……
「學長，你做了什麼？」
朋繪瞪了過來，表情看起來不太高興，像是在鬧脾氣……
「啊，朋繪學姊，難道妳在吃醋？」
咲太還沒回答，紗良就以捉弄般的語氣回應。
「怎……怎麼可能！」
「但妳不是慌了嗎？咲太老師與朋繪學姊難道曾經發生過什麼？」
紗良顯然是明知故問。直到不久前，紗良可以窺視別人的內心。只要將咲太與朋繪的零碎思考串連起來，應該就能察覺兩人之間發生過什麼事，即使沒能深入了解具體內容。
「沒發生過任何事。好了，出去教妳操作收銀機吧。」
朋繪斷然結束話題，準備回到外場。
「啊，請等一下。我唯有一件事想對咲太老師說。」

紗良這麼說的時候，已經從口袋取出手機滑了一下。

「就是這個……咲太老師，你知道了嗎？」

紗良從旁邊拿手機畫面給咲太看。

顯示的是文字型社群網站，附上「#夢見」的留言。

——櫻島麻衣爆料自己是霧島透子。四月一日，紅磚倉庫音樂節。　#夢見

——櫻島麻衣在樂團客串當主唱，唱了霧島透子的歌，還公布自己是霧島透子！　#夢見

——感覺很多人作了同樣的夢，我也是。櫻島麻衣在音樂節自稱是霧島透子。　#夢見

——這應該可以確定了吧？霧島透子的真面目是櫻島麻衣。　#夢見

這樣的留言連綿不絕。

光是捲動十幾次畫面根本看不到終點。

這也是當然的。

「這種留言有五千則以上……」

大概是隱約感覺毛毛的，紗良說明時的聲音隱含著觀察咲太反應的慎重態度。無法以單純的巧合解釋，情況非同小可。這份情緒顯露在紗良的嚴肅表情上。

「總之，五千則確實太多了。」

這是咲太率直的感想。

這天打工時，紗良所說超過五千則留言的事在咲太腦中揮之不去。

作了有關音樂節的夢。

以觀眾的身分參加。

所有人都說櫻島麻衣在臺上爆料自己是霧島透子。就是這樣的夢。

和咲太夢到的內容一致。應該是完全相同，只有視角不同。

換句話說，每一則留言都是那個會場的觀眾寫的……想必是這麼回事吧。

就像咲太與郁實作了同一個時間點的夢，超過五千人同時夢見了那一瞬間的未來。

到了這個程度，不太能只用「不可思議」這個詞來形容。老實說，咲太覺得不舒服。

所以只要稍微閒下來就會忍不住思考社群網站留言的事，打工時間就這樣逐漸流逝。

時薪也隨之逐漸累積……

晚上九點，高中生朋繪與紗良下班，外場由咲太、店長以及另一名大學工讀生負責。今天第一天打工的紗良面帶笑容說著「咲太老師，我先告辭了」並揮揮手離開。

後來很快就過了一小時，咲太也迎來下班時間。今晚客人比較少，所以店長在九點半左右說：「時間到了就下班吧。」

咲太依照吩咐，在十點準時知會「我先下班了」，脫下圍裙前往店內深處。

咲太走進置物櫃所在的休息區準備換衣服，接著他發現原本以為沒人的室內有一名女高中生。正在滑手機的這個人是朋繪。

「古賀，妳還在啊？」

「啊，學長。」

「不要老是滑手機，早點回家吧。」

「我是有話想說才在這裡等學長啦。」

從手機抬起頭的朋繪這麼說。

「怎麼了？對我有什麼不滿嗎？」

大概是有關紗良的事吧。如果是這樣，感覺多少會被抱怨幾句，但朋繪說的是另一件事。

「學長，看你好像很在意『＃夢見』的留言，所以我想告訴你我作的夢。」

定睛注視咲太的朋繪眼神很認真。她特地等咲太下班這一點也令人在意。恐怕是不方便在打工時隨口說出來的內容，所以直到打工結束都沒說。這麼一來，換個地方可能比較好。

「我馬上換衣服，等我一下。在這裡不太好，在回去的路上聽妳說吧。」

「知道了。」

朋繪點頭回應。

離開餐廳之後，咲太與朋繪走向藤澤站。

「古賀，妳平安夜也有作夢啊。」

「感覺大家都有喔。包括奈奈以及班上的朋友……有人說過自己沒作夢嗎？好像沒有。」

儘管只限於相同世代，在咲太認識的人之中，目前說「沒作夢」的只有麻衣一人。既然朋繪周圍也沒這種人，那麼沒作夢果然是罕見案例。

經過站前，在車站東側繼續走。行人逐漸減少的時候，咲太進入正題。

「所以古賀，妳也夢見麻衣爆料嗎？」

「沒有。」

「那麼是怎樣的夢？」

「我作的是比四月一日更早之前的夢。」

「大概多早？」

「二月四日。」

出現相當明確的日期了。目前沒有令咲太腦中感到不對勁的要素。是節分隔天……除此之外沒有特別的資訊。

「那天怎麼了？」

「櫻島學姊在藤澤警察局的活動擔任一日警察局長。」

「是嗎？」

咲太不知道這件事。

「我在夢中看見新聞說她在活動中發生的意外受重傷昏迷不醒。」

這也是第一次聽說。

「真的嗎？」

「這種事我當然不可能說謊啊。」

「說得也是。」

「被倒下的器材壓傷之後送醫。新聞是這麼說的。」

終究是夢裡發生的事。朋繪就像真的看見，以沉痛的心情述說，表情也認真無比。

擔任一日警察局長、被器材壓傷，都是「＃夢見」沒寫到的情報。關於麻衣的留言集中在四月一日音樂節的爆料。

咲太作的夢也是如此，郁實作的夢也在同一天類似的時段。

「妳不知道被送進醫院的麻衣小姐後來怎麼樣了吧？」

「至少直到四月九日都沒有公布她回復意識。」

「……啊？」

咲太不禁發出脫線的聲音。朋繪剛才說了什麼？

「我說，直到四月九日都沒有公布任何消息。」

看來並不是咲太聽錯。

「而且就算我問學長，學長也沒告訴我詳情。」

對於夢裡發生的事，朋繪朝著現在位於這裡的咲太發洩不滿。

應該說先不管這個，有很多奇怪的地方。

朋繪到底在說什麼？

相較於咲太作的夢或是「#夢見」所寫的內容，具體性與分量都差太多了，有著非常大的差異。後來在夢中，朋繪以自己的意志試著聯絡咲太，簡直就像在夢中正常地生活……

「我說古賀……」

「什麼事？」

「妳在夢中體驗了好幾天嗎？」

咲太之前也有過類似的經驗，而且是和朋繪一起。高中二年級的夏天，不斷重複同一段日子的神奇回憶……

「與其說好幾天……」

朋繪撇過頭，露出不想再說下去的表情。

所以咲太猜到端倪了。

「難道說，從平安夜到四月九日，妳全都看過了？」

「是的話又怎樣？」

鬧彆扭的朋繪承認了咲太說的話。

朋繪以前發作的思春期症候群，模擬未來。拉普拉斯的小惡魔再度降臨。

「這次又不是不斷重複相同的日子。」

朋繪像在辯解，將視線朝向前方。

「就我看來，畢竟妳高中快畢業了，大概是覺得『在大學交得到朋友嗎？好擔心』……所以感到不安吧？」

「你很煩耶。」

被說中的朋繪鼓起臉頰。

「學長你呢？」

「嗯？」

「在大學有多交朋友嗎？」

朋繪硬是改變話題。

「哎，經常聊天的有一兩個吧。」

關於拓海，說他是朋友應該沒問題。反倒是如果說不是，拓海肯定會大吃一驚。

至於另一人美織，還處於被對方稱為「朋友候補」的階段，所以應該還不是朋友。不過以咲太的立場，即使視為朋友也無妨……

「不過，總覺得和高中時期的感覺不太一樣。」

「哪裡不一樣？」

「不像國見或雙葉那樣，明明還不熟悉對方，就自然而然開始打交道。」

感覺高中時代大家的活動範圍有所重疊，所以相對來說人際關係的密度也比現在高。哪個人住在哪裡附近……連這樣的情報也在不知不覺中自然記住。彼此的距離就是這麼近。

然而進入大學之後，活動範圍一口氣擴張，每個人幾乎都沒有重疊的部分，一旦走出校園就完全不知道哪個人正在哪裡做什麼。這種遙遠的距離造成人際關係的淺薄。

這並沒有好或不好。

只不過是環境造成這個結果罷了。

在這樣的環境中，大家保持適當的距離巧妙地相處，以免傷害彼此。

「哦～～這樣啊。」

朋繪乖乖聽咲太說明，但這聲回應沒有太多實際的感覺，表情看起來依然聽不太懂。

「以妳的狀況，必須小心不要又太著急而加入不適應的小團體。」

「到時學長每天都要聽我吐苦水喔。」

「拜託每週一次就好。」

「啊，到這裡就可以了。」

快走到丁字路口時，朋繪暫時停下腳步。往左走是朋繪回家的路，往右走是咲太回家的路。

「古賀，今天謝了。妳幫了大忙。」

雖然有點擔心小惡魔再度出動，不過多虧朋繪，咲太得知一件重要的事。

「那麼，下次要請我吃保存期限兩小時的蒙布朗喔。」

「十個就好嗎？」

「一個就好！」

「不用客氣啦。」

「真是的，想表達謝意的話就正常一點啦。」

「因為我這個人很害羞的。」

「好啦好啦，那麼學長，再見。」

朋繪以傻眼的表情揮手道別，踏上歸途。咲太看著朋繪的背影一陣子後，朋繪帶著為難的表情轉過來。

「這樣我很難回去。」

她說完指向反方向的路，要求咲太也趕快回家。才剛這麼想，朋繪就為了盡早逃離咲太的視

野而跑走。多虧這樣，她的背影很快就消失不見。

「古賀真的是百看不膩耶。」

咲太輕聲自言自語後，踏上和朋繪反方向的歸途。腳步聲在住宅區不斷前進，只聽得到自己的呼吸聲。

明明只是來打工，今天卻又聽到了奇怪的事情。

紗良告訴咲太有許多人作了和咲太相同的夢。

還有朋繪看見的未來模擬。

莫名其妙的事件連續發生，其中有一塊正確的拼圖拼片。

麻衣將身受重傷昏迷不醒。

朋繪看見的這個未來，和「麻衣小姐有危險」這句訊息一致得無以復加。能先知道這件事真是太好了。既然是被器材壓在底下，要避開這個意外應該不難。

在許多莫名其妙的事情之中，只有這點可以安心。

不過當然也有令咲太在意的事。另一句訊息……「找出霧島透子」還沒有對應的拼片。

而且在咲太作的夢裡，麻衣為什麼會自稱是霧島透子？這依然不得而知。

究竟什麼事和什麼事有關，什麼事和什麼事無關？

光是思考，腦袋就一團亂。

「已經開始搞不懂了……」

毫無自覺脫口而出的自言自語過於準確地道出咲太的心境。

這天晚上，麻衣打電話過來。

在閒聊的時候……

『啊，對了，二月四日我會擔任一日警察局長。』

咲太聽到麻衣親口這麼說。

和朋繪說的一模一樣。

## 6

寒假結束，大學在隔天一月六日開學。

咲太一大早開始準備，在趕得上第一節課的時間出門。首先從藤澤站搭東海道線到橫濱站，再轉搭京急線到金澤八景站下車。出門之後約一小時的通學路線。

月臺上理所當然滿是學生，成排魚貫前往驗票閘口。咲太也成為人潮的一部分。

每天早上看慣的景色，確實感受到自己回到大學生的日常生活。

只不過，這天咲太感覺有點不對勁。

某些地方怪怪的。

感覺到的視線比平常多。櫻島麻衣的男友……更勝於此的視線。

感到疑惑的咲太穿過驗票閘口，走下階梯從西側出站。懷著莫名不自在的感覺走在沿線的道路時，追過來的腳步聲從後方搭話。

「梓川，新年快樂。」

來到咲太身旁的人，是同樣就讀統計科學系的福山拓海。黑色羽絨外套底下看得見顯眼的橘色圍巾。

「恭賀新禧。」

「多指教。」

「今年也請你多多指教。」

咲太平淡地回以新年問候。

「這麼正經？」

「打招呼的時候要好好說。世界第一可愛的女友是這麼調教我的。」

「真羨慕這種調教。」

拓海將咲太的玩笑話當真。不對，某方面來說不是在開玩笑。

「對了對了，說到這位世界第一可愛的櫻島小姐，那件事是真的嗎？」

「哪件事？」

名人麻衣的一舉一動都會成為話題。

「據說她是霧島透子的本尊，社群網站上在熱烈討論這件事。」

「在夢裡看見未來這種事，當真的話不太妙吧？」

「不過，話題都說這個集體預知未來將會成真喔。」

拓海拿手機畫面給咲太看，那是新聞網站上刊登的報導。「集體預知未來」這段陌生的文字躍上標題。報導裡介紹海外曾經發生的類似事件，煞有介事地解說許多年輕人在聖誕節作的夢。

不過咲太看了還是一頭霧水……

「福山，你作了什麼樣的夢？」

「我在夢裡回去北海道。」

「為什麼是北海道？」

「我老家在那裡。」

拓海若無其事地回答。

「這我第一次聽說。」

「我在自我介紹的時候說過吧？絕對說過。」

「話說現在流行從北海道來我們學校念書嗎？」

說到北海道出身，霧島透子……岩見澤寧寧的個人資料就是這麼寫的。

「為什麼這麼說？」

一無所知的拓海表情像是聽不懂這個問題的意思。

「因為我最近認識了北海道出身的學生。」

「以你的狀況，應該是可愛的女生吧？」

拓海探出上半身逼問。配合他接近過來，咲太靜靜地拉開相應的距離。

「比不上麻衣小姐就是了。」

「可以介紹給我嗎？」

可以的話咲太也想，但是從物理層面來說辦不到，因為只有咲太看得見她。要是正經八百地說出這個古怪的理由，會被當成腦袋有問題，咲太當然沒有要告訴拓海。這種時候適當地轉移話題才是上策。

「福山，你為什麼會選我們這所大學？」

如果要進首都圈，應該還有很多別的選擇。既然刻意選擇橫濱市內的市立大學，有什麼明確的理由也不奇怪。

「不要露骨地轉移話題啦。我猜應該很可愛吧？」

說來遺憾，拓海不肯跟上這個話題。看來他渴望著愛情。

「知道了啦。只要對方答應，我就幫你介紹。」

「真的？能當你朋友真是太好了！」

知道對方是隱形人之後，拓海還會開心嗎？

思考這種事的咲太穿過正門。

久違地進入大學校園。

兩人走在銀杏葉已經完全消失的林蔭步道。

「我說梓川……」

「嗯？」

「這麼說來，我為什麼會報考這所大學？」

「……」

以為是玩笑話的咲太看向拓海的臉，發現他正皺眉思考。

「我說福山……」

「嗯？」

「你的腦袋還好嗎？」

怎麼想都覺得沒救了。

得出這個結論時，咲太與拓海抵達主校舍。

這天，在大學裡的任何地方都感覺到了視線。

無論是上課的教室、移動中的走廊，或是在學校餐廳吃咖哩的時候……都有其他人的意識朝向咲太。這些視線、意識都在默默詢問咲太「櫻島麻衣是霧島透子嗎？」這個問題。

咲太每次都在內心回答：「不是喔～～」但他的想法沒能傳達給任何人。

「福山，你今天早上說的事情，大家都知道耶。」

「哎，應該吧。」

同樣將咖哩送入口中的福山語氣很隨便。因為這是理所當然，已經是眾所皆知的事實。進一步來說，是近乎常識的認知。

原本只是普通的傳聞，卻被當成事實般接受。就是這樣的感覺。

只經過半天，咲太受到注目的程度就足以讓他實際感受到話題的規模以及情報的擴散速度。

「幸好今天麻衣小姐請假。」

麻衣直到週末都在京都拍戲。

即使是麻衣，應該也會對謠言蔓延的現狀感到不耐煩。

「啊，對了，梓川。」

「你嘴邊沾到咖哩了。」

「這個月三十日是我生日。」

拓海一邊擦拭嘴角，一邊告知這個沒聽過的資訊。

「那真是恭喜你了。」

「所以在那天之前，麻煩介紹北海道女生給我吧。」

「我盡量。」

第三節的通識課，咲太終於從煩人的視線解脫。

就如同教授在去年底預告的，這節課要考試。

通識科目大多只要交報告就好，其中這堂課必須以考試的形式完成申論題。

順帶一提，可以帶筆記本與參考文獻應考。禁止使用手機。這是高中時代沒有的考試規定。

開始之後經過四十分鐘的教室裡，只聽得到自動筆書寫的聲音。不，咲太身旁偶爾也會傳來拓海「唔～～」的呻吟。

除此之外一片靜悄悄。

室內維持伴隨著適度緊張感的寧靜。原本以為這股氣氛會持續到考試結束，不過只有今天並

非如此。

突然間，喀啦啦的響亮聲音打斷寧靜。

那是某人迅速打開教室後門的聲音。

即使如此，正在考試的教室裡也沒有任何人回頭。約三十名學生專心寫著申論題。

咲太也不以為意，以自動筆寫字。

大概是遲到的學生現在才進來吧。

咲太如此斷定的時候，踩響鞋跟的腳步聲從後方接近過來。這個腳步聲像是抵達目的地般停在咲太身旁。影子落在桌面，手邊稍微變暗。

「陪我一下。」

頭上方傳來聲音。

咲太懷著疑問慢慢抬起頭。

映入眼簾的是一名女大學生。

霧島透子……本名是岩見澤寧寧。

「我有話要說。」

透子看著咲太的眼睛，清楚地這麼說。

現在教室裡的所有人應該都有聽到這個聲音。包括約三十名的學生，以及在教室角落看書打發時間的白髮教授……

然而沒有任何人有反應。

絕對不是因為在專心考試。坐在旁邊的拓海已經用盡專注力，只是在隨手翻著參考資料。教室靠前排的位置也有零星學生正在發呆等待考試結束。依照規定，開始考試經過一小時後，寫完的人可以先行離開，他們或許是在等待這個時機吧。

無論如何，如果有學生在考試期間突然說話，應該會有幾個人有所反應。教授也不可能視若無睹。

這個奇怪的狀況之所以能夠維持，是因為沒人看得見透子，也沒人聽得見聲音。

**——現在在考試**

咲太不能出聲回話，所以在筆記本上寫字回應。

「那我在這裡等到考完。」

透子居然側身坐在咲太正前方的座位，臉蛋理所當然朝向咲太這裡，以具備意志的視線定睛看著咲太。

礙事得令人吃不消。

看來最好趕快把話說完再專心考試。

「不好意思，我肚子痛要上廁所。」

咲太如此宣言之後從座位起身，稍微彎下身，用單手按著腹部。拙劣的演技要是被麻衣看見肯定會被笑。

即使如此，教授還是不發一語，像在示意「去吧」默默指向門。

這樣就可以光明正大出去了。

透子也帶著滿意的表情從座位上起身。椅子發出聲音，卻還是沒人有反應。這時，透子發現拓海的圍巾掉在地上。她彎腰撿起圍巾，拍掉灰塵之後輕輕放回拓海的桌上。

「……」

透子目不轉睛地注視著毫無反應的拓海，或許是在期待對方道謝吧。不過拓海理所當然地沒察覺透子的存在。

果然看不見。這麼一來便很難介紹，生日禮物還是準備別的東西吧。

「哼。」

透子朝著沒認知到她的拓海哼聲一笑，快步走向教室後方。咲太也跟著她走，姑且裝出肚子痛的模樣……此時，坐在教室後排的美織一瞬間和咲太對上視線，眼神看起來像在責備。大概是認為咲太裝病吧。應該是這樣。

走出正在考試的教室之後，透子在長長的走廊這一頭走到另一頭，進入沒人使用的教室。隨後走進去的咲太關上門。

只有兩人的教室比考試會場還要安靜。

「找我有什麼事？」

咲太正在考試，希望盡量簡短結束對話。

「你的女友是什麼意思？」

「什麼意思是指？」

「為什麼她被說是霧島透子？」

「我想是因為某人讓大家作了奇怪的夢吧。」

「她是你女友吧？快點解開這個奇怪的誤會。」

「我也很想為了麻衣小姐這麼做……不過要抱怨的話，妳出面自我介紹說『我是真正的霧島透子』不就好了？」

窗外看得見主校舍的中庭——透子在平安夜進行演唱會直播的場所。

「不然，要不要現在在這裡直播？我來幫忙。」

這是最快的方法。

「試了也沒用。」

「妳試過嗎？」

「反正大家都看不見我露臉的影像，頂多只看得見遠遠拍到的背影。」

如此一來，只能知道身體輪廓。

「既然這樣，只好先讓大家能夠認知到妳了。」

為此必須知道透子隱形的原因。儘管不認為她會輕易說明……不過依照狀況，可能連她本人都不知道。

「霧島小姐，妳對於自己變成這樣，心裡有沒有底？」

「沒有。」

透子立刻回答。

「岩見澤小姐心裡也沒有底嗎？」

「……」

這次是沉默。

代表肯定的沉默。

「看來有。」

交談好幾次之後，咲太得知透子不擅長說謊，一旦被說中就很容易像現在這樣沉默。

「這種事只要你的女友否定就解決了吧？」

「想要否定一度傳開的謠言與誤解，應該意外地困難。」

有人深信不疑。對無所謂的人來說，這只是無所謂的事。即使懷抱熱忱向這樣的人們說明真相，也可能無法讓他們聽進去。要把什麼事情視為真相，端看每個人的認知。

「既然敢說得像是自己很懂，你應該能想辦法解決吧？」

透子以試探般的視線發問。

「如果我想辦法解決，會得到什麼謝禮嗎？」

咲太正面承受這樣的視線，如此回應。

「我想想……」

透子雙手抱胸思考。

大概是立刻想到好點子，她的嘴角露出笑容。

透子筆直注視咲太。

「我就和你約會一天。」

她這麼說。

「必須是過夜的約會，不然我的心不會感到雀躍。」

「要過夜我也不介意喔。只要你不怕你女友。」

透子的眼睛愉快地挑釁咲太。她在享受這段對話。

「知道了，我會想辦法解決。」

「契約成立。」

咲太握住透子伸出的手。

如果可以解開麻衣受到的奇怪誤解，又有機會了解透子這個人，咲太就沒有理由拒絕，即使過夜約會是玩笑話。

「那就拜託了。」

透子說完之後放開手，準備離開教室。

「對了，霧島小姐作了什麼樣的夢？」

咲太朝著透子的背問道。

原本以為會被無視，透子卻停在門口轉過來看向咲太。

「我沒作夢喔。」

事到如今，這是令人意外的回答。繼麻衣之後的第二人。

「和麻衣小姐一樣耶。」

咲太的反應使得透子稍微露出抗拒的表情。

「別多嘴，你還是趕快回教室吧？已經沒時間了喔。」

這句話說到一半，宣告第三節課結束的鐘聲響起。對咲太來說，這鐘聲意味著考試結束。

這次輪到咲太露出抗拒的表情。透子見狀，大概是滿足了，便說了聲「再見」，揮揮手離開教室。

咲太回到進行通識科目考試的教室時，裡面已經人去樓空。答案卷都被收走，只留下咲太的隨身物品，以及隔著走道坐在旁邊座位的公主頭背影。這個熟悉的背影是剛剛在同一門通識課考試的美織。

美織察覺到咲太的氣息而轉過來。

「你回來啦，烙賽哥。」

「這是明年晨間連續劇的劇名嗎？」

「晨間連續劇到底是不可能吧？」

聽到咲太的回應，美織愉快一笑。

「通識課的大家說要舉辦新年會兼考試慰勞會，所以很快就走光了。」

美織看著空蕩蕩的教室如此說明。這麼說來，拓海提過這件事。之前第一次和美織交談的場合，也是以這門通識課為契機的聯歡會。

「美東妳不參加嗎？」

「要是參加聚餐，我會很搶手喔～」

這種說法聽起來不會討人厭，是美織厲害的地方。

「話說梓川同學，我有問題想問你。」

「我喜歡的類型嗎？當然是麻衣小姐啊。」

「那麼，剛才和你一起出去的女生是誰？」

「……」

出乎預料的問題使得咲太語塞。

「在考試的時候幽會，真有你的耶。」

咲太一瞬間聽不懂對方說了什麼，思緒也停止了。

美織剛才說了什麼？

「那個人時常穿著聖誕服對吧？迷你裙款式的。」

美織無視困惑的咲太，繼續說道。

這下子肯定沒錯。

「……美東，妳看得見嗎？」

「光明正大到那種程度，當然會注意到啊。」

「我不是這個意思，妳看得見吧？」

「你說的『看得見』是什麼意思？」

美織如字面所述歪過腦袋，表情帶著隱含「不知道你在說什麼」這種困惑的疑問。

「剛才和我一起出去的女生，除了我們兩個，沒人看得見。」

「……」

這次換美織愣住了，思緒肯定也停止了。她一臉像是聽不懂咲太這段話的模樣。

就只是頻頻眨眼。

「……」

「……」

漫長的沉默。

第四節課開始的鐘聲響起時，美織的嘴脣再度動了。

「欸，梓川同學。」

「什麼事？」

「你的腦袋沒事吧？」

思考許久之後，美織說出這句簡單的話語。

這是最適合這個狀況的話語。

## 第二章

# 麋鹿的工作

## 1

咲太針對霧島透子說明的時候，美織大致都是一臉嚴肅，偶爾也會露出「聽起來真可疑耶」的表情。但她中途沒有插嘴，先聽完咲太怎麼說。

某天遇見了迷你裙聖誕女郎。

只有咲太認知得到她。

她自稱是霧島透子……

她和「＃夢見」有關，而且好像會引發思春期症候群……關於這兩點，咲太暫時省略。如果要好好說明，就必須連帶說明卯月與郁實的事，也單純是因為內容過多會說到太陽下山。

美織應該也有忍耐的極限，所以咲太決定在美織感到不耐煩之前簡潔地說完。

「總之，我目前知道的就是這些。」

「我可以發問嗎？」

美織像是等待已久，充滿活力地舉起手。

「好的，請說。」

咲太也不服輸，裝模作樣地催促她。

「為什麼只有我們兩人看得見？」

美織提出理所當然的疑問。首先好奇這一點，這是自然的反應。

「這我也想知道。」

可以的話想告訴美織原因，但連咲太自己也不知道。「想知道」正是咲太的真心話。

為什麼咲太看得見？

而且，為什麼美織看得見？

「好恐怖！」

美織直接說出內心想法。冷靜想想，確實很恐怖。不對，用不著冷靜想也很恐怖。怎麼想都是異常事態。

多虧美織，咲太也得以客觀掌握自己的狀況。不過即使掌握了也只會增添不安……

「話說回來，原來如此。」

美織不在意這樣的咲太，理解似的仰望天花板。

「所以我上次跟真奈美說『有聖誕女郎』的時候，她才會給我一個奇怪的表情。」

謎底解開了。美織說完一笑。那是無力的乾笑。她發出「啊哈哈」的聲音，然後「唉～～」地嘆了口氣。

「話說那個人活著吧？不是幽靈之類的。」

美織再度變成嚴肅的表情發問。

「總之我剛才和她握手了。」

「觸感呢？」

「確實是溫暖的。」

「那就不是鬼吧。」

因為這段對話就接受感覺也滿奇怪的，但是咲太刻意不吐槽。原本就是在說奇怪的話題，奇怪是理所當然的。

「實際上，與其說看不見，應該是除了妳我之外沒被其他人認知。」

「好像能懂……」

美織本來這麼說，卻在中途大幅歪過腦袋。

「我還是完全聽不懂。」

她改口這麼說。

「不只是她本人，比方說在校花選拔賽的網站上只有『岩見澤寧寧』的頁面，福山完全看不見。」

換句話說，應該是透子這個人的相關情報不被認知。能認知到的只有無法確定個人身分的遠

方剪影，以及無法確定是她本人的歌聲。

「校花選拔賽的網站啊。我看得見那個網頁嗎？」

「只要給妳看就可以立刻知道了……」

說到一半，咲太想起一件重要的事。

「對了，記得妳沒有手機吧？」

「唔哇～只有你沒資格對我這麼說～」

即使嘴裡抱怨，美織還是將手伸向托特包，從裡面拿出暗灰色的扁平方形物體。是有蘋果標誌的筆記型電腦。

這麼說來，美織以前說過會用家裡的電腦上網。

「妳每天隨身攜帶那個嗎？」

美織的筆電很難形容為輕薄型或小型，看起來有相當的重量。

「今天只上到第三節課，我想打一下課堂報告就帶來了。」

美織露出得意的表情，愉快地用鼻子發出「哼哼～」的聲音，打開筆記型電腦。

立刻開啟電源。

咲太從旁邊想窺探畫面，美織隨即半掩筆電，隨手擋住不讓咲太看。

「禁止偷窺少女的桌面。」

「看來有不能見人的檔案啊。」

「當然有啊。」

「我愈來愈好奇了。」

雖然嘴裡這麼說，咲太還是抽身保持距離。

美織以熟練的動作操作開機的筆電。

「啊，是這個吧，校花選拔賽的網站。去年的冠軍，當時是國際人文學系二年級，北海道出身，生日三月三十日，身高一六一公分。」

「就是她。」

「她也有經營社群網站耶，很多照片那種。」

美織稍微將畫面朝向咲太。看來這次咲太可以看。

整個畫面顯示出岩見澤寧寧的照片型社群網站。

模特兒的工作、大學生活、今天的穿著打扮……這一切隨著照片附上簡短文字。

燦爛的每一天的活動報告。

若以一句話形容整體的感覺，就是「充實的大學生活」。

令所有人嚮往，想要效法……她開朗又充滿活力的每一天就在那裡。

「美東，就妳看來，她有什麼想要消失的苦衷嗎？」

美織慢慢捲動畫面的手停住了。

「四月停止更新，所以應該是四月發生了什麼事吧？」

美織在回答問題的同時抬起頭，像在確認咲太的反應，眨了兩次眼睛。

「比方說什麼事？」

「像是復學的麻衣小姐出現在大學；麻衣小姐瞬間奪走大家的注意力之類。」

美織基於某種意圖脫口說出這個名字。

「原來如此……」

感覺美織犀利地說到重點。

「這個人在當模特兒，是校花選拔賽的冠軍……以前在大學裡應該很搶眼吧，備受大家的吹捧。」

「嗯，這我可以想像。」

從社群網站的留言感覺得到這種氣息。

「在麻衣小姐出現之前，這座校園一直都是岩見澤寧寧這位公主的王國吧？」

「但是在這個時候，『櫻島麻衣』這位女王出現了。」

「既然對手是麻衣小姐，當然瞬間就會滅亡。」

和一般大學生相比，岩見澤寧寧或許具有統治一個國家的素質。學生時期就在當模特兒，在校花選拔賽這個場合也引人注目。應該很有自信，內心也萌發自己與眾不同的自負。感覺這個事實賦予她一種優越感。

和周圍學生不同，特別的自己。對變成這樣的自己引以為傲。

然而「櫻島麻衣」在這時來襲。

從童星時代持續活躍至今，家喻戶曉的名人。

戲劇、電影、廣告、模特兒……活動範圍廣泛，如今到處都可以聽聞她的名字與身影。無論是知名度或經歷，「岩見澤寧寧」都完全無法相比。

就像是理所當然，連比賽都稱不上，大學內部第一名的寶座很乾脆地被奪走了。

「或許是美麗的頭冠與禮服被沒收，降級為普通人的感覺。應該也沒能成為排名第二的名人吧。」

「哎，如果要自稱僅次於麻衣小姐，戰鬥力或許不夠。」

比如格局或是舞臺之類……總歸來說就是等級不一樣。

即使是卯月或和香，也沒被視為僅次於麻衣的名人。

「突然出現在大學的藝人『櫻島麻衣』，就是造成這麼強烈的震撼。」

足以使得寧寧建立至今的榮耀自我在一瞬間失去價值……

「所以岩見澤寧寧消失了，自己的價值不再被人認同。」

以往每次擦身而過都會被異性投以心儀的視線或被同性投以嫉妒的視線，如今都沒有了。

來自周圍的評價改變了。

變得不特別了。因為「特別」這兩個字指的是「櫻島麻衣」。

「嗯～～這部分不太對吧？」

咲太自認為理解真相時，美織提出了異議。

「哪裡不對？」

咲太聽不懂美織想說什麼，率直地反問。

「麻衣小姐出現之後，大家的視線都被搶走，再也不特別，成為和大家一樣的普通人……平常總是待在身旁自稱朋友的人們，如今嘲笑著這樣的她。她是因為明白了這一點，覺得自己很淒慘才躲起來吧？」

美織雙手併攏放在闔上的筆電上方，以未曾改變的音調與一如往常的精確話語說出內心的想法。

「……」

回應的話沒能立刻浮現在腦海。

因為感覺美織的發言正確掌握了寧寧的立場與心境。

「看見以往表現得高人一等的人中箭落馬，果然會覺得『活該』對吧？」

「哎，說得也是。」
「因為自稱受到傷害的那些人，會認為自己沒有傷害任何人。」
「或是認為自己傷害別人也沒關係。」
「就像是弱者的特權吧。」
美織打趣般出聲笑了。雖然說得像是玩笑話，這段發言還是切中了核心。
這個反差很有趣，咲太也不禁笑了出來。
對話自然中斷。
「……」
「……」
不過，只有歡笑的氣氛殘留下來。
「美東，妳以前發生過什麼事嗎？」
「什麼意思？」
「因為感覺像是過來人的說法。」
「那當然，我也有一兩段不為人知的往事喔。」
美織一如往常隨意地搪塞。
不願意說的話就算了。現在透子比美織重要。

「不過啊，美東。」

「嗯～～？」

「她是霧島透子耶。」

咲太視線落在美織那剛才顯示「岩見澤寧寧」社群網頁的筆電上。

「如果擁有霧島透子的知名度，應該足以對抗麻衣小姐吧？真的不必在意自稱朋友的那些人的冷嘲熱諷。用不著消失，承認『我是霧島透子』，隨心所欲取回原本的優勢就好。」

這部分不合邏輯。

「既然這樣，她應該不是霧島透子吧？」

「…………啊？」

一瞬間，咲太沒能理解她說了什麼，反應明顯慢半拍。

「梓川同學，你剛才說過吧？她如果是霧島透子就不需要消失，但是她消失了。那不就代表她不是霧島透子嗎？」

美織意外的指摘著實意外地合情合理。

這段話以邏輯來說是成立的。

或許也是一種歪理就是了……

「我說了奇怪的話嗎？」

「不……」

「但你的表情很奇怪耶。」

「這是天生的。」

聽到咲太的回應，美織以今天最大的聲音笑了。

## 2

「梓川的朋友說的話真有趣呢。」

隔天一月七日，星期六。

去補習班打工擔任講師之前，咲太一邊吃午餐，一邊將昨天美織說的告訴理央。

他們正在藤澤站南側出口，百貨公司後方餐廳林立的區域，一間位於二樓的壽司小館裡。兩人坐在四人座的位子。

「她說還只是朋友候補就是了。」

咲太咬下炸竹莢魚連同白飯吞下肚後，糾正理央這句話當中的一部分。

「這方面挺麻煩的。」

「總之，和雙葉妳有得比吧。」

「……」

理央無視咲太說的話，將鹽烤金目鯛送入口中。靠近海的城市有很多海鮮美味的店，真是令人感謝。

「所以雙葉，妳認為呢？」

「你那個朋友候補的說法，我認為是一種思考方向。」

「對吧？」

所以咲太很傷腦筋。遇見自稱是霧島透子的迷你裙聖誕女郎之後，咲太直到昨天都相信她是霧島透子。

然而，和咲太同樣看得見透子的美織不經意說出的那段話，突然點出了或許不是這麼一回事的可能性……

「不過，關於這件事的起點……也就是霧島透子變成隱形人的原因，終究只是你跟那個女生的臆測吧？」

「我們大學曾經是岩見澤寧寧這位公主的王國……這個說法，確實是猜的。」

只是從社群網站等線索擅自這麼解釋，從模特兒、校花選拔賽之類的詞彙隨便聯想到的人物形象。

這樣的她瞬間被麻衣奪走在大學裡的地位，原本特別的自己變得不再特別，周圍的朋友嘲笑、看不起淒慘的她。受到這種待遇，失去昨天以前的存在價值，她消失了……變成不被認知的隱形人……

「假設是這樣，過於深入思考也無濟於事吧？既然前提不同，答案當然也會改變。」

「話是這麼說沒錯……」

咲太咬下炸蝦，響起麵衣酥脆美味的聲音，蝦肉口感Q彈。

「現在我比較在意櫻島學姊受到的那個誤解，因為在我的大學已經被說得跟真的一樣。」

理央就讀的是理組的國立大學。看來跟理組或文組沒什麼關係，謠言持續擴大。

「這裡也是這種感覺喔。」

在回程的電車上，女高中生們拿這件事當話題，說著「櫻島麻衣是霧島透子，這不是很厲害嗎？」「太猛了」之類……

「不過關於麻衣小姐的傳聞，我想後天應該會解決。」

「成人之日？」

「今年滿二十歲的成人之中，麻衣小姐是最有名的吧？」

對此，理央理解般輕聲說了「對喔」。

「櫻島學姊會在前來採訪的許多攝影機前面親自否定傳聞。」

她說出這個正確的推測。

「現在這種時候，當然會被記者問到有關霧島透子的事。」

「的確是會問吧。」

「她說同時會在社群網站正式發文。」

昨天晚上，麻衣從拍片下榻的飯店打電話來，在那時告訴咲太這件事。經紀人涼子與經紀公司的高層得知謠言傳開，站在公司的立場相當在意。這是非常可靠的助力。

「那麼，今天早上提到社群網站要更新，原來就是這件事啊。」

「嗯？」

咲太回以疑問，理央隨即默默操作手機，像在表示「就是這個」給他看畫面。

顯示的是照片型社群網站的畫面。

和經紀公司一起更新的「櫻島麻衣」官方帳號。

隨著麻衣拍戲休息時私下拍的照片，附上「九日有重要的事情公布」這樣的簡短文字。

「真不愧是麻衣小姐。」

做法萬無一失，熟知最有效率廣為傳播情報的方法。

「說到可能發生的問題，就是這麼做也無法平息傳聞的話該怎麼辦。」

理央吃著定食附的茶碗蒸，輕聲說道。這也是咲太在意的事。

「一度相信的謊言，要人們改為相信『這是謊言』意外地困難。」

人們不會輕易認為別人的認知或意見才是對的。他們不願意這麼認為。

麻衣與經紀公司的人都明白這一點，才會像這次這樣布局，謹慎做好萬全的準備。

「實際上，和我作同一個夢的人們應該會比較相信自己作的夢。」

有關音樂節的夢。

麻衣爆料自己是霧島透子的夢。

聽到的歌聲也具有壓倒性的說服力，所以相當惡質。

變成真實的記憶留存下來。

「本尊自己出面承認是最輕鬆的。」

沒有比這更好的解決之道。

但是現在做不到。

「對方是隱形人就沒辦法了。首先必須讓她回復為普通人。」

理央說的沒錯。

「為此，我正在做能做的事。」

目前算是已經達到約會的前一個步驟。從她以往表現的性格來看，只要咲太滿足條件，她就會意外規矩地回應要求。

「不過啊，雙葉……」

「什麼事？」

理央將拿到嘴邊的茶杯放回桌面。

「如果岩見澤寧寧不是霧島透子，我該怎麼做？」

希望透子本人否定這個奇怪的傳聞，但如果她是冒牌貨就沒戲唱了。

「這樣的話，事到如今乾脆讓她成為霧島透子吧？」

理央的回答是不像她會說出口的大膽作戰。

「不過真要說的話，這很像是你會臨時想到的點子。」

咲太頓時感到困惑的時候，理央補充了這段話：

「如果能解開對麻衣小姐的奇怪誤解，這麼做確實可行吧。」

儘管不知道岩見澤寧寧有什麼苦衷，目前也幾乎無暇顧慮她這個外人了。

吃完美味定食的咲太與理央結完帳離開餐廳時，是午餐時段結束的下午兩點。

接下來要到補習班打工的兩人自然而然走向車站北門。

「對了，雙葉，妳平安夜作了什麼樣的夢？」

「和國見交往的夢。」

理央過於隨意地這麼回答。

「啊？」

咲太不禁發出吃驚的聲音。

「夢裡的我們一起吃飯，應該是在約會。」

理央看著前方平淡地述說。

「真的嗎？」

咲太如此確認，理央便靜靜地點頭回應，視線依然朝向前方……

「可是，只有國見絕不可能這樣。」

說來遺憾，咲太也抱持相同意見。不是理央的問題，原因都在佑真身上。

「畢竟國見和那個狂暴女友好像很恩愛。」

假設現在佑真與上里沙希的關係立刻出現裂痕且真的分手，依照佑真的個性，實在不可能在春天之前和理央成為這種關係。

理央自己或許也無法接受吧。也有種為時已晚的感覺。

時間久了，或許會變得不再在意，但至少在接下來這一兩年，咲太無法想像這樣的未來。

「所以我認為那種夢不是什麼未來。」

理央筆直注視前方，從她的側臉無法解讀詳盡的心情。表面上看起來沒什麼感覺，不過作夢

醒來的那天早上，當然會心亂如麻才對。

然而理央現在看起來一如往常。在咲太眼中是如此。

「既然妳這麼說，那就應該是這麼回事吧。」

「……」

咲太不經思索就接受了，理央朝他投以疑問的視線。

人們相信那天作的夢是未來會發生的事，咲太也有夢境成真的經驗。正因為理央知道這點，看到咲太很乾脆地接受她的說法，應該會感到疑問，會覺得意外……

證據就是理央的視線要求咲太提供答案。

「赤城說過，那種夢可能不是預見未來，是看見另一個可能性的世界。」

去年的十二月二十五日，咲太從箱根回來之後，郁實在電話裡這麼說了。咲太聽到這個見解的時候當然吃了一驚，因為沒想到她會這麼說。然而聽了之後，也覺得或許是如此。

如果郁實說的沒錯，咲太在夢中擁有手機也可以獲得解釋。

因為在咲太以前造訪的另一個可能性的世界……那個世界的咲太擁有手機……

「既然和另一個可能性的世界的自己對調了半年以上的她這麼說，或許真是這麼回事吧。」

「哎，就算這麼說，現在討論這個也無濟於事。假設夢的真面目確實是另一個可能性的世界，也不保證這邊的世界不會發生同樣的事。」

「說得也是。無論是未來還是可能性的世界……結果還是要等到那一天來臨才知道。」

「受不了，有夠麻煩的夢。」

就只是單方面被耍得團團轉。

「真的。」

視線移回前方的理央有點落寞般低語，那是隱含真實感的呢喃。咲太因而知道了。理央的情緒也被那場夢撼動……現在是以自己的方式和這份情感妥協……

「經過加西同學那件事，我明白了一個道理。」

理央輕聲說道。

「嗯？」

「無法回應對方的心意也很煎熬。國見當時也是這種心情吧。」

理央嘴角浮現淺淺的笑。這副笑容喚回咲太心中那段懷念的夏日記憶。

高中二年級的夏天。

包括佑真在內的三人仰望的大朵煙火。

當時沐浴在繽紛光輝下的理央也掛著笑容，和現在一樣的笑容……

後來經過兩年半。時間將記憶轉變為回憶，不知不覺像這樣流逝至今。

## 3

一月九日。成人之日的趨勢關鍵字當然是「櫻島麻衣」。

這天，所有頻道的電視台從一大早就集結在藤澤市，目標當然是身穿和服的櫻島麻衣，要以鏡頭拍下一輩子僅此一次的瞬間。

舉行「二十歲的集會」這個典禮的市民會館周邊擠滿許多採訪媒體，這麼高的注目度本身就成為一則新聞。

咲太透過電視看著這一連串的光景。

在無數攝影機鏡頭捕捉下，麻衣代表二十歲的眾人上臺，落落大方地致詞。結束的時候，會場響起熱烈的掌聲。

麻衣順利完成這項重責大任，不過這天的重頭戲反倒是接下來才開始。

典禮結束之後，麻衣就這樣站在會場大廳被許多採訪媒體包圍。

記者的第一個問題是年滿二十歲的感想。「有實際感覺自己成年了嗎？」「已經會喝酒了嗎？」之類必問的問題被接連提出。

麻衣帶著笑容仔細回答每個問題。

各電視台進行一輪問答之後，堪稱正題的問題被提出來了。採訪時首先向麻衣發問的女記者拔得頭籌。

「最近在社群網站上流傳著麻衣小姐可能是網路歌手『霧島透子』的傳聞……請問真相如何呢？」

是在午後的綜合資訊節目擔任助理的電視台播報員南条文香。

無數麥克風朝向麻衣。

「是的話會很有趣吧。但是很可惜，我不是霧島透子小姐。抱歉沒能回應各位的期待。」

麻衣一度露出甜美的微笑，再以柔和的語氣斷然否定。

「您知道『＃夢見』這個標籤吧？」

另一名記者繼續追問。

「是的。最近在網路上廣傳，所以我知道。」

「這個標籤有很多人留言說麻衣小姐是霧島透子，您怎麼說？」

「要請經紀人讓各位看看我的工作行程表嗎？我絕對沒有多餘的時間另外進行音樂創作的活動。」

麻衣開玩笑般這麼說，引得在場的採訪媒體發出笑聲。

他們的視線朝向一旁陪同的涼子。

「我必須向高層確認一下，否則不能給各位看。」

看似慌張的涼子以雙手打個叉。這個反應再度引起笑聲。

現場維持這份和睦的氣氛，接下來也繼續向麻衣發問。即使不提真面目，包括「您對霧島透子有什麼想法？」「您相信夢會成真嗎？」等等和傳聞相關的問題被接連提出。

這個畫面持續一段時間後……

「接下來請各位問最後一個問題。」

涼子出面為採訪做總結。

大概是判斷剛剛的說明足以解開誤會了吧。

首先舉手的是南条文香。涼子表示「請說」後……

「後來您和男友交往還順利嗎？」

她從另一個角度向麻衣提問。

對此，麻衣嘴角一笑。

「這部分任憑各位想像。」

麻衣面帶笑容回應，不經意將右手按在胸前。無名指閃閃發亮，那裡戴著咲太送的戒指。

快門發出響亮的聲音按個不停。

閃光燈亮得幾乎看不見麻衣的身影。

即使在這種狀況下，麻衣依然客氣地向採訪媒體鞠躬致意。

「謝謝各位今天前來採訪。」

道謝之後，麻衣在涼子的催促下退場。

這段影片在白天的新聞節目以及午後的綜合資訊節目被大幅報導，傍晚的新聞與夜間新聞也重複播放無數次。每次轉台，電視上都映出從稍微不同的角度拍攝的和服麻衣。

除此之外，「櫻島麻衣」的網路社群官方帳號也刊登了否定傳聞的發文。

麻衣準備的兩個作戰應該都發揮了預料中的效果。隔天之後，新聞或綜合資訊節目都完全不再提及「櫻島麻衣」的傳聞。

但是在其他個人社群網頁……

——事到如今否認也太遲了

——經紀公司正在拚命滅火喔

——明明承認就好了，這是哪門子的鬧劇

理所當然有著這樣的留言。

看來要根絕傳聞，唯一的方法還是得請本尊登場。

即使如此，在成人之日結束一週之後，大學裡還是回復為正常運作的感覺了。咲太依然會感覺到視線，不過視線隱含的情緒減輕為「啊，是櫻島麻衣的男友」這種程度。

這麼一來，或許可說是完成了和透子的約定。

一月十六日，星期一。

到了這個時候，下半學期的日程也所剩不多。

一月最後一週是補課期間，所以實際上的課程只排到這週。只要上課到週五，接下來就是不算短的春假。

大學是在兩個月後的四月重新開課，到時候咲太就是二年級。

其中也有學生已經進入春假模式，校園裡洋溢著近似年底的奇特氛圍，感覺像是在進行無關勝負的比賽，也可以形容為心情鬆懈下來。

咲太也不例外，懷著悠哉的心情穿過早上的正門。期末考幾乎考完了，要交的報告也交了，所以完全不必慌張。

咲太一邊打呵欠，一邊走向主校舍要準時上第一節課。

途中，他感覺身旁有某人的氣息。

「早安。」

看向旁邊，是一名意外的人物。

霧島透子。

靴子、裙子、高領毛衣加上大衣，是自然溶入周圍，女大學生風格的打扮。反倒該說過於溶入，如果她沒搭話，咲太恐怕不會察覺。

「早安。」

總之先回以早晨的問候。

「今天一大早來學校有什麼事嗎？」

「要上課啊。」

語氣像是在說「不要問這種理所當然的問題」。

「明明是隱形人？」

「學費都繳了，不上課不是很浪費嗎？」

透子回覆非常中肯的意見。

此時，忽然有一個疑問掠過咲太腦海。

「難道，妳每天都有來上課？」

「這是什麼問題？」

透子笑著表示這是蠢問題。彷彿在嘲笑咲太的這張笑容就是答案。

咲太至今都沒有察覺，是因為學年與學系不同，沒機會和透子上同一門課。此外還有今天的

這身服裝。如果沒有打扮成迷你裙聖誕女郎，就不會在眾多學生之中注意到透子。

「把一月三十日空下來。」

咲太在思考的時候，透子突然這麼說。

「我會按照約定和你約會。」

「期待那天的到來。」

「你這花心大蘿蔔。」

透子朝著率直回應的咲太淺淺一笑，走向研究大樓。她的背影和校園裡的風景充分融為一體。除了其他學生看不見這一點，位於那裡的是非常平凡的大學生。

這天的回程，上完第四節課的咲太走下階梯來到金澤八景站的月臺時，發現深處的長椅上坐著金髮女大學生。她以無線耳機聽音樂，獨自等待電車進站。

咲太接近過去，默默坐在她旁邊。

「我說啊，豐濱……」

「我正在聽音樂啦，你看不出來嗎？」

即使嘴裡抱怨，和香還是取下無線耳機，停下手機的音樂播放程式。

「所以有什麼事？」

「如果現在最紅的偶像從明天開始就讀我們大學，妳會怎麼想？」

「這種事必須到時候才知道。」

這回答很符合和香的個性。

「哎，說得也是。」

「總之應該不會高興吧。」

和香將取下的無線耳機收進盒子。仔細一看，是卯月拍廣告代言的品牌。

「就算我不在意，周圍應該也會一併以『偶像』的角度拿她和我做比較。」

「會在內心苦笑，用同情的眼神看妳吧。」

「這是在找碴嗎？」

「放心，妳也是有優點的。」

「不准擅自提出這種假設然後安慰我！」

和香瞬間火冒三丈，但是沒持續太久。她很快就降溫，疲憊般「唉」地嘆了口氣。

「剛才那是在說姊姊嗎？」

和香轉換心情這麼問。她交疊雙腿，單手撐在大腿上托腮，一副無聊煩悶的模樣。

「豐濱，真虧妳猜得到。」

「你基本上三句不離姊姊吧？」

和香看著對面的月臺，長長的睫毛眨呀眨的。

「嗯，說得也是。」

「所以是怎樣？你想聊這種像是在怪罪姊姊的話題嗎？」

和香斜眼瞪向咲太。

「你認為我會聊這種話題嗎？」

「但我聽起來就像這樣啊。」

她瞇細的雙眼無論怎麼看都很不高興。

「麻衣小姐她……總之，如果以比較笨的方式形容，她果然很特別吧？大家都認識，也很受歡迎，光是存在就會對周圍造成影響。」

「……」

不知為何，和香露出有點吃驚的表情，眼睛瞪得好大。

「豐濱，妳那張臉是怎樣？」

「原來你也認為姊姊很特別啊。看你面不改色地和姊姊交往，我還以為你完全沒察覺。」

「對我來說，麻衣小姐當然是特別的人喔。」

「這種令人厭煩的說法就免了。」

和香果斷捨棄這個話題，視線也移回正前方。對面月臺零星看得見等車回家的學生。

「不過，我大致明白你想說什麼了。」

「真的嗎？」

「這種女孩，我剛進大學的時候看過好幾個。」

「怎樣的女孩？」

「直到高中應該都是校內最漂亮的人，但是進入大學之後因為有姊姊，像是自己的角色形象、定位或價值都越來越搞不清楚，因而迷失自我的女孩。」

咲太明明沒有好好說明，和香卻真的明白他想說什麼，而且準確無比。

「你為什麼露出這麼意外的表情？」

「當然是因為覺得意外啊。」

「角色形象或定位什麼的，充滿這種東西的世界我可不需要。不准小看偶像。」

和香的腳輕輕踢向咲太。

「偶像別踢粉絲好嗎？」

「很少來看演唱會的傢伙不准自稱粉絲。」

「確定登上武道館的話我會去看。」

「我不會邀請你，到時候你要自己買票喔。」

「沒關係，我會去拜託月月。」

咲太不以為意地如此回應，隨即感覺身旁明顯有股不悅的氣息。和香刻意站起來，「哼！」一聲使出犀利的下段踢。

「好痛！」

命中小腿側邊的這一踢響起「啪」的清脆聲音。

「這麼漂亮的踢腿是在哪裡學的……」

「為了鍛鍊體能，我現在有在學踢拳。」

和香向咲太示範般擺出備戰姿勢，看起來有模有樣所以很恐怖。今後或許不要貿然捉弄她比較好，咲太可不想變成和香的沙包。

「豐濱，妳說的『這種女孩』現在怎麼樣了？」

咲太按著被踢的小腿，回到正題。

「都經過一年了，應該已經平復心情了吧？」

和香興趣缺缺般再度坐回長椅上。

「哎，說得也是。」

「但我不知道是跨越了、放棄了，還是找到了新的價值觀。」

既然有將近一年的時間，無論形式為何，心態上還是可以妥協。這就是人類。

「豐濱妳呢？」

「我？」

「妳是麻衣小姐受害者協會的會長吧？」

「不准成立這種奇怪的協會。」

和香一拳打向咲太的肩膀。為了和香著想，或許在造成犯罪之前阻止她學踢拳會比較好。

「妳正是徹底受到麻衣小姐影響的其中一人吧？」

這是高中二年級秋天發生的事。同父異母的姊姊……麻衣的存在成為導火線，引發和香的思春期症候群。她比任何人更近距離受到麻衣的影響，所以也在所難免。

「我……」

想說些什麼的和香嘴唇一度停住。

「覺得姊姊好遙遠。」

再度開口的時候，和香筆直看著對面的月臺，自言自語般呢喃。

「就算全力打拚也完全追不上。姊姊看著什麼樣的景色，我至今仍然不知道。主演的戲劇或電影，爆紅的話是理所當然，失敗的話會全部怪到姊姊頭上，就算這樣她依然毫無怨言耶。這到底是什麼樣的心情，我還是無法理解。」

她說的「遙遠」是這個意思。

「所以啊，咲太……」

最後，和香看著咲太。

筆直投以嚴肅的視線。

「嗯？」

「你要站在姊姊這一邊喔。」

剛剛的話語，無論節錄哪一段都沒有回答到咲太的問題。

不過，這些話道出了咲太心目中最重要的事情。

電車進入月臺。開往羽田機場的快車，咲太與和香用來搭到橫濱站的回程電車。

「這我知道。」

咲太如此回應和香之後起身。

然後，咲太在心中又說了一次「這我知道」。

## 4

一月三十日，星期一。

從嚴寒早晨就開始準備出門的咲太，明明沒課卻來到最靠近大學的金澤八景站。時間是上午

十點出頭，和平常要上第二節課的日子差不多。

直到一週前都有許多學生下車的車站月臺，現在進入春假模式冷冷清清。

安靜得可以聽到自己的腳步聲。

咲太走在易於行走的月臺上，沒被任何人擋路就走上階梯，沒排隊就走出驗票閘口。

從屋簷下方走出車站大樓之後，清澈無比的藍天迎接咲太。

從這裡往西側的階梯下樓出站，兩三分鐘就可以抵達大學。咲太只在今天是從大學反方向的階梯下樓出站。

在頭上的高架軌道行駛的是金澤海岸線。咲太穿過正下方，在16號國道等兩次紅燈之後往大海方向前進。

就這樣筆直往前走，很快就看見便利商店的藍色招牌。還沒走到便利商店，咲太便右轉彎進小巷。

映入眼簾的是在海面筆直延伸的參拜道路，突然出現的鳥居迎接咲太來臨。腳底從柏油路變成顆粒偏小的碎石路。

每走一步，大馬路的喧囂聲就逐漸遠離，相對地感受得到大海的氣息。

路寬是四到五公尺，兩側種植翠綠的松樹，彷彿在指引道路。

朝著海面突出的直行道路前方，看得見紅色欄杆的小橋。那是短得只要幾步就能渡過的橋。

咲太渡橋來到的地方是和橋一樣小的一座島，大約十步就能橫越。

島上只有琵琶島神社的社殿。

所以視線應該理所當然地會看向社殿，然而咲太看著別的地方。

島的前端。

該處站著顯眼無比的鮮紅背影。

好久沒看見的迷你裙聖誕女郎。

將咲太叫來這個場所的主使者。

她筆直注視著海面的方向。

咲太踩著碎石子靠近過去。

「這座神社相傳是北条政子創建的。」

此時透子開口了。

「鎌倉時代是八百多年前了吧。能留存到現在不是很神奇嗎？」

「霧島小姐的歌，今後不是也會留存很多年嗎？」

咲太和她並肩看海。在咲太的視野裡，金澤海岸線像是劃過天際般橫越。活在鎌倉時代的人們應該無從想像這幅景色吧。

「音樂會留存這麼久嗎？」

透子回以懷疑的聲音。

「會依內容而定吧。比方說古典音樂，記得現在留存三百年或是四百年了？」

目前並不覺得在十年或二十年後就聽不到這些音樂。十年或二十年後所見的十年或二十年後，應該也認為會留存下來吧。這麼想就覺得留存八百年甚至一千年都有可能。

「妳叫我過來是為了說這種事嗎？」

「當然不是。是因為從這裡出車比較近。」

透子終於看向咲太，但也只是一瞬間。

「跟我來。今天要讓你幫聖誕老人的忙。」

透子說完，獨自沿著參拜道路往回走。

「如果先說清楚，我就會準備麋鹿的服裝了。」

咲太在後方這麼說，跟著透子前進。

十分鐘後，咲太坐在車上。

透子以共享汽車服務租了一輛小型車，咲太坐在她駕駛的車子副駕駛座上。

「聖誕老人原來不是用麋鹿拉的雪橇移動啊。」

車子沿著16號國道北上。

「你有駕照嗎？」
「預定後天開始上駕訓班。」
咲太一邊回答透子，一邊注意對向車輛。
「你從剛才一直在看什麼？」
「我在想，不知道現在這個狀況從車外看起來是什麼樣子。」
「應該是櫻島麻衣的男友和其他女性密會的樣子吧？」
露出壞心眼笑容的透子似乎很開心。
「如果大家看得見妳，或許就會如妳所說吧。」
不過，現在能認知透子的人，除了咲太只有美織。
「明明駕駛座沒人，車子卻在跑。這樣不會很恐怖嗎？」
要是和這種車子交會，肯定會多看一眼。
完全是恐怖驚魂事件。
「世上的靈異故事就是這樣誕生的吧。」
透子的說法像是置身事外。
行駛在16號國道的無人車。不對，是只有副駕駛座有坐人的幽靈車。看來回去之後最好調查一下社群網站是否有奇怪的傳聞。

「這麼說來，霧島小姐，妳那邊怎麼樣？」

「什麼怎麼樣？」

「單獨和我見面沒關係嗎？妳沒有交往對象？」

「看起來沒有嗎？」

「看起來有。」

咲太率直地回以自己的想法。剛認識的時候，咲太就從透子對他的態度感覺到這種對象的存在。面對咲太這名異性，看不出透子有特別意識到什麼，有著慣於和異性相處的距離感。在車上只有他們兩人的現狀也可以這麼說，完全沒有試探對話距離的緊張感。

「可惜你猜錯了。只維持到春天。」

「分手了？」

「如你所知，男友也認知不到我了。」

看著前方車輛的透子的側臉沒露出明顯的情緒。打扮成迷你裙聖誕女郎的她一臉理所當然地握著方向盤。

「是從什麼時候和那個人開始交往的？」

「高二夏天。」

「也就是說，是還在北海道那時候的事吧？」

咲太已經知道透子是趁著上大學來到這裡。

「對。」

「換句話說，是在岩見澤寧寧小姐自稱是霧島透子之前？」

「……」

透子沒回答這個問題。

臉上也沒露出像是情緒的情緒。

看來從另一個角度進攻比較好。

「既然對方是北海道人，高中畢業之後就是遠距離戀愛嗎？」

「我們一起報考這所大學，但是他落榜了。」

透子配合前方的車輛停下車等紅燈。

「這個話題對心臟不好。」

這是咲太之前也可能面臨的未來。

「而且連續兩年。」

這個話題真的對心臟不好。

「那個人現在呢？」

至少直到春天都是男女朋友的關係。透子剛才的話語承認了這一點。

「第三次終於考上，在春天入學了。」

綠燈亮起，配合前方的車輛起步。

「明明好不容易考上，卻無法認知到妳嗎？」

「就是這樣。」

透子的回答很平淡，注意力集中在開車。

「如果我站在男友的立場，一定會全力和女友卿卿我我。因為相隔三年才終於能就讀同一所大學。」

「……」

透子什麼都沒說。她的側臉看起來像在回憶當時的往事。

「收到上榜的報告時很開心嗎？」

「與其說開心，應該是鬆了口氣。因為決定讀這裡的是我……他只是配合我。」

「那個人念什麼系？」

「統計科學。」

和咲太一樣。

「難道是我認識的人？」

咲太視線朝向透子的側臉。儘管並沒有掌握同系的所有學生，幸好他知道唯一一個北海道出身的人。

「……」

透子沒有回應，沒否認也沒承認。不過這正是透子給咲太的答案。

「是福山吧。」

明明是簡單的確認卻有點破音。突然得知意外的事實，現在頗為激動。咲太在內心發現了如此自覺的自己。

「……」

無視這樣的咲太，透子不發一語，也不肯回答問題，默默地繼續開車。

「福山他知道霧島透子的真實身分是岩見澤寧寧嗎？」

「不知道。」

「為什麼瞞著他？」

「你也沒聽女友說過所有工作內容吧？」

「這……哎，說得也是。」

不過，從高二夏天就開始交往，拓海有可能完全沒察覺嗎？寧寧有辦法完全不說嗎？

寧寧以「岩見澤寧寧」的身分在社群網站上驕傲地提到模特兒與校花選拔賽的話題，得到許多人點讚與跟隨。

這樣的她能一直隱瞞自己是霧島透子的事實嗎？

需要連男友都瞞著不說嗎？

感覺這一點隱含著莫大的矛盾。

「福山可以認知到『霧島透子』這個人。」

「好像是。」

「那他為什麼看不見霧島小姐？」

「因為不知道我是霧島透子吧。」

如果霧島透子和岩見澤寧寧劃上等號，拓海應該可以認知到寧寧，因為他知道網路歌手「霧島透子」這個人。

這個道理可以理解，不過真的只有這樣嗎？

「難道不是因為對福山來說，妳是『岩見澤寧寧』嗎？」

「那又怎樣？」

接下來這句話是否應該說出來，老實說，咲太很猶豫。有所猶豫。

然而如果不說，話題就無法進展下去。必須確認。所以咲太開口了。

「妳真的是霧島透子嗎？」

他直接提出這個問題。

立刻就得到回應了。

「我是霧島透子。」

理所當然般告知答案。

毫不猶豫的話語。

無須猶豫的話語。

因為這是事實。

自然的態度與聲音令咲太這麼覺得。

透子沒有說謊。

而且就像要證明自己說的話，透子開始唱歌。

在平安夜直播的聖誕歌。

咲太沒能親耳聆聽的歌。

在車內響起的美麗歌聲證明她千真萬確是霧島透子。

這一瞬間，咲太確實這麼認為，這麼覺得。即使如此，心情也沒有因此變得舒暢，感覺像是蒙上一層霧，霧裡隱藏著還沒看清的真相。咲太發現自己內心某處這麼認為。

車上的導航告知「即將抵達目的地」。

看向液晶畫面的地圖，車子正行駛在橫濱的元町區。

## 5

「聖誕禮物原來是在元町採購啊。」

迷你裙聖誕女郎踩響鞋跟走在咲太前方。

橫濱元町的商店街。沒有拱廊，藍天俯視著咲太與透子。是在橫濱開港之後，附近的山下區以及山手區成為外國人居留地而發展至今的街道。

基於這個背景，反映當時西洋文化的建築物也大多留存到現在。

隱約帶著懷舊氣氛，同時能接觸到西洋時髦氣息，是具有特別感的商店街。

排列在道路兩側的店有元町發祥的老字號，也有最近開張的商店。創新與傳統。各種文化混合交融，或許就是這條街道自古以來不變的特色。

週末熱鬧的人氣街道，在平日白天終究只有零星的路人。

走在其中的迷你裙聖誕女郎明顯與眾不同。

不過，理所當然般沒有人在意透子。所有人都沒察覺透子的存在。

如今透子也不會因為這個事實而慌張，看見好奇的店就毫不在意地入內。

首先走進的是兼賣雜貨的休閒服飾店，接著是鱷魚商標的運動服飾店。逛過兩間美式休閒服飾店之後，連續去了三間西裝店。

透子在每間店都仔細審視某種商品。

男用圍巾。

不時拿咲太代替假人模特兒，確認圍起來的感覺或搭配服裝的顏色。表情看起來隱約有種愉快的感覺，也可以形容為興致勃勃，簡直像在為男友挑選禮物。

逛了約一個半小時，透子最後回到途中去過的美式休閒服飾店，拿起亮眼的橘底繽紛圍巾。

「幫我買這個。」

透子將仔細摺好的圍巾交給咲太。

「聖誕老人的工作到此結束嗎？」

「再來我還想去一個地方，快點吧。」

梓川在她的催促之下接過圍巾。

「我請店員包裝成禮物喔。」

「拜託了。」

如此回應的透子已經背對著咲太。

買下圍巾的咲太走出店鋪一看，透子交疊雙腿坐在路邊的長椅上。冬季的空氣與元町的氣氛和聖誕女郎莫名相配。

「請收下。」

咲太將買來的圍巾遞給透子。

「謝謝。」

透子在收下的同時起身。

「那麼，下一站。」

她只簡短這麼說就快步前進。轉進商店街的一條小巷，經過以熔岩巧克力蛋糕伴手禮聞名的法式餐廳門前。繼續往前走之後，經常被電視等媒體介紹，以土司發祥地聞名的老字號麵包店映入眼簾。

在麵包店前方左轉，就會回到商店街的主要道路。但是透子的腳步向右轉，進入坡道很多的山手區。

走在平緩的階梯，沿著外國人墓地外圍的坡道慢慢往上走。經過橫濱地方氣象台前方繼續前進，周邊看得見許多西式建築。

「要去哪裡？」

「快到了。」

「雖然這麼說，已經走了快十分鐘。」

「才七八分鐘。」

「差不多十分鐘啦。」

「看，到了。」

透子轉過來，說著「就是這裡」向咲太展示面前矗立的白色洋館。建築物改裝為像店鋪的外觀，配色與氣氛很像聖誕節。旁邊的庭園有一隻白色大狗，當然是沒有麋鹿。

「像聖誕老人的家耶。」

真的是給人這種印象的建築物，入口大門旁掛著倒數距離聖誕節還有幾天的牌子。現在才一月，似乎已經等不及了。

「你或許說對了一半。」

透子開門進入洋館。看來不是「像店鋪」，而是真的店鋪。咲太不知道自己為何被帶來這裡，就這麼跟著透子走。

踏入店內一步。

光是這樣，所有人應該都會抱持相同的感想。

洋館內部是聖誕世界。

聖誕老人娃娃、麋鹿布偶、呈現聖誕樹的雪花球、穿著聖誕服的雪人。牆上排列著聖誕賀

卡……無論往右還是往左看，從天花板到地板全部被聖誕節填滿。

待在這個空間，會覺得迷你裙聖誕女郎透子的服裝是對的。咲太才是格格不入的一方。

「幫我找馬口鐵的麋鹿，手掌大的款式。」

大海撈針……雖然不到這個程度，但是在充滿聖誕色彩的森林裡要找出一隻麋鹿非常困難。

「從這裡面找？」

然而透子沒有回應咲太為難的聲音，認真尋找麋鹿。

「麋鹿，麋鹿……馬口鐵的麋鹿是吧。」

咲太一邊嘀咕一邊定睛看向擺滿店內的聖誕商品。

「要找什麼嗎？」

搭話的是從店內深處走過來的店員大叔。

「請問有馬口鐵的麋鹿嗎？」

「噢，應該是那個吧。」

意外的是店員大叔似乎立刻猜到端倪，朝著咲太招手。

「最近有好幾個人來買這個。」

大叔從架子上拿起一隻麋鹿，放在咲太的手心。

「這個很流行嗎？」

「沒有流行嗎？」

咲太反倒被大叔這麼問。

氣氛因而變得有點奇怪。

總之先讓透子看看這隻馬口鐵麋鹿。透子隨即點頭回答「就是這個」。

「啊，那麼，我要買這個。」

「好的，結帳這邊請。」

咲太留下透子，移動到收銀台前方，付錢之後請店員包裝起來。不知道這是否也會成為聖誕老人送的禮物。

「好的，歡迎再來玩喔。」

在店員大叔笑著目送之下走出店鋪。

感覺是一個溫暖的場所。

「麋鹿，請收下吧。」

咲太將裝了剛買的麋鹿的紙袋遞給透子。透子直接收下，同時將裝了圍巾的紙袋塞給咲太。

「要送我嗎？」

「幫我交給拓海。」

「既然這樣，要不要現在一起拿去給他？」

「……」

透子瞬間停止動作。

「今天是福山的生日對吧？」

「……」

「妳才會特地在今天叫我過來吧？」

「去了也沒用。拓海看不見我。」

「今天或許看得見。」

「跟他說話好多次都失敗了。」

「今天或許會順利。」

「和你無關。」

聲音帶著不耐煩。

「有關。因為我被迫陪妳跑了這麼多地方。」

「這是你自願的。」

透子的眼神在拒絕咲太。

但是咲太依然沒退縮。

「我希望妳趕快別當隱形人，出面自稱『我就是霧島透子』。」

他變得有點情緒化，吐露這個想法。

「是為了女友？」

「還是有人認為麻衣小姐是『霧島透子』，這妳應該知道吧？」

「我才想問，我為什麼非得為了你與你的女友做這種事？」

「因為妳最大的願望是繼續當霧島透子。」

「……」

「我們的目的是一致的。」

透子緊閉雙脣，當然沒有回應。這證明透子在猶豫。是她依然沒放棄一切的證據。

「請借我手機。裡面應該有福山的聯絡方式吧？」

「……」

「妳不是因為抱持期待，才買禮物要送福山嗎？」

「……」

「福山現在用的那條圍巾，八成也是妳送的禮物吧？」

和今天買的圍巾配色很像。

「是交往之後第一次生日送的。已經破舊成那樣，明明可以買別的圍巾。」

「因為是女友送的，他很珍惜吧。」

「明明就看不見我啊。」

「有什麼意見請直接向他本人說。」

咲太伸手要求透子交出手機。

「……」

透子看著咲太的手掌。眼睛還在猶豫，在晃動。期待「說不定有機會」的心情和這份期待受到背叛時的後果放在天秤的兩端。她臉上是這種表情。

僵在原地的時間應該有整整三十秒。

「……知道了。」

聲音小得幾乎聽不到。

即使如此，透子還是將手機「啪」一聲放在咲太的手掌上。

咲太將手機拿過來打開通訊錄。

撥打登錄為「拓海」的號碼。

將手機抵在耳際，隨即傳來鈴聲。

第一聲鈴響沒接。

「……」

第二聲鈴響，拓海還是沒接。

「……」

目不轉睛地注視咲太的透子雙眼傳來期待與緊張。

第三聲鈴響結束時，電話另一頭產生變化，聽得到喧囂聲。不久……

『喂？』

傳來拓海疑惑的聲音。

拓海沒認知到寧寧，所以應該也沒認知到這是寧寧的手機號碼。他恐怕不知道這通電話是誰打來的。

「啊，福山？是我，梓川。」

『咦？啊？為什麼是你？』

咲太為什麼會用手機打來？

為什麼知道拓海的手機號碼？

可以清楚感覺到這些疑問在拓海內心翻騰。

不過要是說明這些問題，在進入正題之前太陽就下山了。

「哎，這種事就別管了。」

『不對，要管吧！』

「福山，你現在在外面嗎？感覺你旁邊很吵。」

『我在蒲田站的月臺上。京急的。』

剛好在這個時候，傳來下一班開往泉岳寺的電車廣播聲。

「為什麼在蒲田？」

『我要轉搭開往羽田的電車去機場啊。』

「難道是要返鄉回北海道？」

『是啊。那邊狀況有些混亂。』

含糊其詞的拓海聲音沒有以往的開朗。

『所以梓川，你有什麼事？』

在詢問是什麼狀況混亂之前，咲太先被這麼問了。

「你現在還有時間嗎？」

『我有提早出門，所以距離預訂的班機還有一小時以上。所以呢？』

「那你在機場等我，我有東西要給你。」

『啊？你在說什麼啊？突然這樣好恐怖！』

「福山，你說過今天是你生日吧？」

『是啊。』

拓海依然不知所措，這種心情並非無法理解。如果立場反過來，咲太應該也會感到疑惑。

「我意外地是注重禮數的人，禮物也已經準備好了。」

『哎，好吧。我在機場的出境大廳等你。第二航廈喔。』

「我馬上過去。那麼等等見。」

沒時間了，所以咲太迅速結束通話。

「去羽田機場。」

咲太如此告知後，透子微微點頭。

## 6

從新山下收費站開進灣岸線的車上安靜無聲。

「……」

「……」

咲太與透子都沒開口，被薄薄的一層緊張感支配。

說實話，對咲太來說，這趟去見拓海是很大的賭注。現階段完全猜不到會是何種結果。

要是能以生日禮物圍巾為契機，讓拓海認知到寧寧就好。相反的可能性也當然存在，或許還

是沒能認知，就這麼遺憾收場。

如果是前者當然沒有任何問題。

後者的狀況，或許會失去好不容易找到的解決線索。對咲太或寧寧都意味著這份期待遭到背叛。這會對寧寧造成何種影響，老實說不得而知。也許什麼都不會改變；也許狀況會更加惡化。存在著風險。

即使如此，咲太還是認為只能在拓海身上賭一把。

因為咲太沒有拯救寧寧的方法。

和當時在全校學生面前向麻衣表白的狀況不同。對於岩見澤寧寧，咲太還不是當事人，現在依然幾乎是局外人。

咲太沒有能力讓她的存在確定下來。借用理央令人懷念的說法就是「愛的力量不夠」。

說到有誰能對寧寧發揮這種特別的力量，那就是拓海。

所以只能在拓海身上賭一把。

車子順利奔馳在行經海埔新生地的灣岸線。

「說到福山……」

「怎麼了？」

「你們是誰先表白的？」

咲太視線追著前方行駛的車輛，向身旁問道。

「拓海完全不跟我告白，所以我設局讓他說。」

「怎麼設局？」

「我說三年級的學長向我表白，暗中推他一把。」

映在視野一角的透子臉上沒有笑容，就只是平淡地回答。

「我眼前浮現福山慌張的模樣了。」

「不過就算這樣，他還是遲遲不肯開口。」

「不就代表他非常認真面對這份感情嗎？」

「是這樣嗎？」

透子視線瞥了過來。

「但如果是我就會立刻說出口。」

左側窗外看得見煉鐵廠的巨大建築物。

「畢竟你在學校也將『喜歡』掛在嘴邊。」

「我經常說的應該是『最喜歡』。」

「你這個人真怪。」

咲太對此沒有回應。

他改問透子另一個問題。
「妳和福山是在高中認識的嗎？」
「國中就同班。」
「從那時候就意識到他了？」
「意識到他對我有好感。」
「妳喜歡他哪一點？」
「你從剛才就一直在問問題。」
透子像要稍微休息般閃躲問題。
但是咲太不以為意地說下去。
「只要是不必在意的事，福山都不會在意。我認為這就是他的優點。」
「比方說？」
「我進大學之後，第一個問我『你真的和麻衣小姐在交往嗎』的人就是他。」
入學當初，因為咲太似乎是「櫻島麻衣」的男友……周圍的學生理所當然朝他投以好奇的視線。然而沒有任何人當面詢問，應該是小心翼翼避免招惹麻煩吧。
在這樣的狀況下，拓海無視這股氣氛，坐到咲太身旁很乾脆地說出這句話。
——你真的和櫻島麻衣在交往嗎？

因為這句話，咲太在大學裡的立場確實改變了。咲太與麻衣的關係從傳聞化為事實，從擅自妄想化為現實。

就待在學校時的感覺這方面，這件事意外地是一大變化。

「明明遲遲不敢表白，但他從以前就敢做這種事。」

「比方說？」

「國中的時候，有一個男生從東京搬過來，是轉學生。他好像有一陣子不敢上學，這個傳聞先在班上傳開……所以大家都在等別人向他搭話。」

握著方向盤的透子的側臉露出懷念往事的表情。

「不過，第一個向他搭話的就是拓海，像是絲毫不在意這種事。」

「這樣有點帥氣耶。」

「應該是多虧那個轉學生，我因而開始注意拓海。」

「最近他老是去參加聯誼，好好罵他一下比較好喔。」

「如果他看得見我就這麼辦。」

透子嘴角淺淺一笑。

「不過，沒想到福山年紀比我大……」

今天生日的拓海二十一歲，比咲太大兩歲。

「今後得用敬語才行了。」

「他絕對會抗拒喔。」

「忘記寶貝女友的男人最好給予這種程度的處罰。」

「你真的很怪。」

「我很正常。」

看向導航，距離羽田機場剩下三公里。看來勉強來得及在班機起飛之前逮到拓海。不過考慮到登機手續以及檢查行李需要的時間，絕對不能慢慢來。

即使見面也只有五到十分鐘。

時間不算充裕。在有限的時間內能否取回「岩見澤寧寧」的存在還是未知數。

這份認知將車內的緊張感提高一個層級。

巨大的機場已經映入視野。

起飛的飛機逐漸飛上高空。

儘管將車子開進大型立體停車場費了一些工夫，咲太與透子在導航顯示的抵達時間幾分鐘前就來到羽田機場。

然而還只是到機場而已。

這裡是國內占地面積首屈一指的航空樞紐，下車之後要前往拓海等待的第二航廈需要一段時間。

趕往電梯的咲太腳步隱含了焦急。

「福山說的第二航廈在哪？」

「搭這台電梯下樓就到了。」

透子按下牆面的按鍵呼叫電梯。按的當然是「向下」的按鍵。

電梯立刻到來。

快步進電梯後，咲太在關門的同時按下標示「出境大廳」的二樓按鍵。

電梯無聲無息下降。

搭乘的只有咲太與透子兩人。

「……」

「……」

彼此都不發一語，電梯內充滿寧靜，短短幾秒感覺莫名漫長。

抵達的鈴聲終於響起。

耐心等待開門之後走出電梯，眼前就是出境大廳。

橫向的寬敞空間，無論往左還是往右看，都只能模糊地看見盡頭的牆壁。挑高的天花板有著

開放感。

航空公司的服務櫃檯，辦理登機用的機械整齊排列，旁邊是安全檢查站的入口。

這些設備的正對面設置了販售伴手禮或便當的商店與販賣機。

今天是單純的平日，所以利用機場的旅客不算多，但是要在這個寬敞的空間毫無線索地尋找特定的某人終究很魯莽。

「請借我手機，我要聯絡福山。」

咲太剛這麼說完，透子就看向咲太後方。

「找到了，在那裡。」

透子以視線示意的地方是標示數字「２」的時鐘旁邊。

坐在長椅上的那個年輕人確實是拓海。丹寧褲加上厚大衣，脖子上圍著用了很久的圍巾，眼睛看著手上的手機。

咲太做個深呼吸之後走過去。

「福山。」

咲太一搭話，拓海就露出吃驚的樣子抬起頭。

「你真的來了。」

「我說過會來啊。」

「這麼突然，會以為是在開什麼玩笑吧？」

傻眼般的苦笑。這種笑很符合拓海的個性。

暫且順利和拓海會合了。

不過問題從現在才開始。

直到這一瞬間，咲太依然不知道該怎麼向拓海開口，找不到明確的解答。即使將「岩見澤寧寧」的事全部據實以告，也實在不認為他會理解。寧寧對拓海來說是看不見的存在，是變得無法認知的存在。換句話說，是不存在的存在。

這份迷惘使得咲太的視線朝向透子——停在咲太斜後方的透子。

向前一步的透子慢慢張開嘴唇。

「拓海。」

從口中說出的是親愛的男友名字。

「然後，抱歉讓你跑這一趟，但我沒什麼時間了。」

然而拓海的眼睛依然看著咲太，連一毫米都沒移向透子，說話的對象也是咲太。

感覺得到透子拿著禮物的手增強力道。

「聽我說，拓海。看我這裡。」

即使透子這麼說，拓海還是沒對她的聲音起反應。

「差不多該去安檢了，不然不太妙。」

兩人的行動沒能變成互動。這一幕令咲太開口了。

「我說福山。」

「嗯？」

「你那條圍巾……」

「這個？」

拓海抓住從脖子垂向前方的圍巾尾端。

「你記得是誰送的嗎？」

「你問是誰送的……唔？咦？」

拓海原本要以輕鬆的語氣回答，卻在中途語塞。

「……」

拓海的表情迅速被莫名的疑問填滿。為什麼會不知道呢——他皺眉苦思，這份不悅令他扭曲嘴角。

「說真的，這是怎麼回事……？」

拓海這句疑問是在問他自己。然而思考好一陣子還是沒找到答案，再怎麼想都想不出答案。

「福山，你忘記了重要的人。」

「……什麼？怎麼回事？」

拓海一臉愈來愈不明就裡的表情。

「送你那條圍巾的人，是你從高中時期交往到現在的女友。」

「不不不，這不可能啦！」

以為是玩笑話的拓海誇張地大笑。

「……」

然而咲太依然一臉嚴肅，沒咧嘴也沒發笑。

「真的是你從女友那裡收到的東西喔。」

咲太再度告知事實。

「……」

這次拓海默默承受這句話。

留在臉上的笑容隨著時間逐漸消失。

「……梓川，抱歉，我真的聽不懂你這些話的意思。」

思考了整整十秒之後，拓海終於這麼說了。

「福山你忘了。正確來說，是變得無法認知了。」

「……」

拓海筆直看著咲太，不停眨眼。

「送你那條圍巾的人，你想不起來是誰吧？」

「……這一點沒錯。」

「……」

透子緊閉雙脣在一旁守候咲太與拓海的這段對話。

「福山，你真的有一位從高中交往到現在的女友。」

「……」

拓海的表情沒有變化，因為疑問與困惑而僵住。

「從國中就同班，高二夏天由你向她表白。」

「……」

無論說了什麼，拓海都只是目不轉睛地注視咲太。再怎麼認真聽也聽不懂咲太說的話。即使對於這個莫名其妙的狀況感到困惑，他依然願意傾聽。

「名字是岩見澤寧寧。」

一說出這個名字，咲太就感覺到透子倒抽一口氣。

「抱歉，我真的聽不懂。」

然而拓海是這麼回應的。

寧寧的表情凍結，感覺她的雙眼逐漸失去情感。

「這個人真的在和我交往？」

「那條圍巾就是證據。」

拓海重新確認垂在胸前的圍巾。

「……」

就這麼注視著圍巾動也不動，表情也沒有變化。

沉默令人喘不過氣。

「梓川，不好意思……」

拓海露出至今沒看過的傷腦筋的表情。

「我聽不懂。」

打從心底拿這個狀況沒轍的表情。

拓海無力一笑。那是即使突然聽到無法理解的話題，也努力想打圓場的笑容。

「你再仔細思考一次。」

咲太說出這句話之前，出境大廳響起機場服務人員的聲音。

『搭乘５５５班機前往新千歲機場的旅客，請盡快進行隨身行李檢查。』

「啊，糟糕。我該走了。」

拓海從長椅拿起包包站起來。

「福山，等一下！」

「這件事等改天能好好坐下來再聊。抱歉，我現在趕時間。」

咲太一起走向安全檢查站，直到最後都不放棄。

「你可能無法相信，但是我沒說謊！」

「我自認知道你是這樣的人喔。」

「我是說真的！」

「我知道。」

時間到此為止。拓海將手機畫面放在入口閘門感應，進入安全檢查站。沒有機票的咲太不能繼續往前走。

進入安檢站的拓海轉身稍微舉起手。

咲太也稍微舉手回應。

「謝謝你來送我。」

拓海留下這句話，消失在金屬探測門的另一頭。

到了這一步，咲太已經無計可施。

他也有考慮到會變成這樣的可能性。

心情上期待著不會變成這樣的可能性。

所以若要說自己沒失望是騙人的。

比起咲太，透子的失望程度肯定更大。

目送拓海離開之後，咲太轉身看向剛才交談的長椅那裡。

「霧島小姐……？」

應該在該處的人物不在該處。

只要在場立刻會注意到的迷你裙聖誕女郎消失無蹤。

映入眼簾的是一包眼熟的禮物。

來自聖誕女郎的禮物孤零零地被遺留在透子剛才所在的地方。

# 第二章　Someone

## 1

「好的，今天的實習到此為止。」

上完術科課程之後，光頭教官在咲太的檢核表蓋上紅色的章。第一次上課的今天是學習安全駕駛的心態，只使用駕駛模擬器實習，下次才會實際坐進駕駛座。

咲太報名的駕訓班位於東海道線上和藤澤相隔一站的大船。從純白觀音俯視的車站往北走約五分鐘，以地址來說是橫濱市卻取名為「鎌倉」的汽車學校。車站是大船，地址是橫濱，駕訓班的名稱是鎌倉。縣市交界處附近的地名變成大雜燴，滿混亂的。

「接下來加油吧。要注意安全。」

「謝謝。」

向教官道謝之後回到駕訓班大廳。

在櫃檯預約下次之後的上課時間，今天的課程就全部結束。

大概是多少有點緊張，咲太心想「結束了」的瞬間就「呼～～」地嘆了長長一口氣。

「這下子該怎麼辦……」

然後他立刻輕聲自言自語。

並不是駕訓班的課程令他心想「這下子該怎麼辦」。

腦中的思緒已經朝向不同的方向。

現在成為咲太頭痛根源的只有一件事。

關於霧島透子……岩見澤寧寧的問題。

直到查出她和拓海交往都很順利，之後卻不順利。前天在羽田機場沒發生任何好事。

形容為「失敗」或許比較正確。

在那之後，咲太趕往機場的停車場，但是透子開來的小型車輛已經不在了。透子當然也不見人影。

她留下咲太獨自回去了。

多虧這樣，咲太必須搭電車回家。本應送給拓海的圍巾也由咲太拿回去，現在放在家裡。狀況不甚理想。

即使如此，拓海依然是一絲希望。因為咲太不認為有其他手段能治好岩見澤寧寧的思春期症候群，就算有也沒時間去找。今天是二月一日，麻衣可能身受重傷昏迷不醒的二月四日很快就會來臨。

究竟要怎麼說才能讓拓海展開行動？咲太目前毫無頭緒。即使再怎麼正確說出事實，也能輕

易想像將重蹈在機場的覆轍。

就算拓海願意相信咲太，如果無法看見寧寧就沒意義。無法認知就沒意義。

首先必須讓拓海回想起「岩見澤寧寧」。

為此應該怎麼做？要做些什麼？

咲太不知道最關鍵的部分。

甚至找不到解決的線索。

這一切著實可以彙整為剛才那聲「這下子該怎麼辦」的嘆息。

「明明有一個世上最可愛的女友，表情卻這麼悶悶不樂耶。」

這個聲音突然從旁邊傳來。

轉頭一看，熟悉的臉蛋就在身旁。

嘴角掛著笑容的這個人是美織。

「美東，妳也來上這所駕訓班啊。」

「已經拿到臨時駕照了喔。梓川同學你呢？」

「今天是第一次來。」

「喔喔～～既然這樣，有任何問題都儘管問吧。」

美織將手輕輕放在咲太肩膀上，裝出前輩的模樣。

「那麼美東，妳對迷你裙聖誕女郎有什麼想法？」

「不對，我是說有關車子的問題。」

美織露出「你明明知道」的表情。咲太當然知道。明知如此，還是向美織問了他現在最想知道的事。

「因為妳說任何問題都可以問。」

「哎，算了。關於這件事，我想給你看一個東西。」

美織回以這個意外的答案。

「想給我看一個東西？」

是什麼呢？咲太摸不著頭緒。

「接下來有時間嗎？」

美織以稍微歪過腦袋的可愛模樣問了。看到她露出這張表情，絕大多數的男性都會乖乖跟著走吧。咲太也不例外。

「不用打工，時間可多了。」

「那麼，跟我來吧。」

美織像要出征般把右手當成旗幟揮動。駕訓班的自動門隨即像中了魔法一樣開啟。

「就是這裡。」

美織帶咲太來到大船站南側出口，面對大馬路的商業大樓一樓某間豬排店前方。

「為什麼來豬排店？」

「難得有你在，想說挑一間我一個人不方便光顧的店。」

美織說出很像女大學生會有的理由。

「不好意思～」

但她友善地打著招呼率先走進店裡。

「不是不方便光顧嗎？」

咲太問出沒人會回答的疑問，跟著美織進入店內。

「歡迎光臨。」

在以開朗的聲音接待的店員阿姨帶領之下，兩人舒服地坐在四人桌座位。剛過下午五點的店內只有兩名穿西裝的男性客人，大概是剛跑完業務。就是這樣的感覺。

總之進店了就必須先點餐。看完整份菜單之後，咲太點了經典的招牌炸里脊豬排定食；美織煩惱許久，最後點了黑咖哩豬排。

「所以美東，妳想說什麼事？」

咲太拿起玻璃杯喝口水之後開啟話題。

「等我一下。」

美織朝著放在旁邊椅子上的托特包伸手，拿出之前也看過的蘋果標誌筆電。

大剌剌地放在桌上開機。

俐落地敲了幾下鍵盤之後……

「就是這個。」

她將筆電轉向側邊，讓咲太也看得見畫面。

畫面上映著顯示三角形播放按鍵的影片分享網站。

停止狀態的影片視窗現在還是漆黑一片。

「什麼都看不到啊。」

「現在才要播。開始嘍。」

美織示意之後按下播放鍵。

播放出來的是小小的室內廳，在觀眾席以手機朝著舞臺拍攝的直向畫面。咲太對這個舞臺有印象。

「這是我們大學的表演廳吧？」

「嗯，好像是去年，應該說上個年度？的校花選拔賽影片。」

豎耳聆聽音量調低的聲音，有像是電影院開演前的喧囂聲，感覺得到正在期待某些事物的氣

息。

「你看，注意這裡。」

美織指向畫面。在這個時間點，舞臺側邊走出一名女學生。清純的白色連身裙，背脊打得筆直，輕快地踩響鞋跟發出悅耳的聲音。像是模特兒走台步前進的這個人是岩見澤寧寧。

負責主持的學生說：『那麼，接下來是1號，岩見澤寧寧同學表演才藝。』炒熱會場氣氛。

在歡呼與掌聲之中，寧寧坐在擺放在舞臺上的鋼琴前面。

深呼吸一次。

配合這個動作，歡呼與掌聲靜靜止息。

緊接著，寧寧放在琴鍵上的手指彈奏起熟悉的旋律。

「是霧島透子的歌曲吧？」

咲太抬頭看向美織，美織依然看著畫面默默點頭。

長長的前奏結束。

寧寧深吸一口氣。

下一瞬間，閉上雙眼的寧寧歌聲溫柔撼動會場的空氣，看不見的歌聲波浪從身體前方穿透到後方。

像是身體被撫摸的這份觸感被某種情感從後面追上，亢奮感一口氣從腳底竄上頭頂。

觀眾首先說不出話。聚集在這裡的人們原本應該打算歡呼或打節拍炒熱會場氣氛……明明自己也準備熱鬧起來……卻被震懾而專注聆聽。

迷人歌聲足以打造出這種結果。

咲太也半張著嘴，就這樣看著影片播放到最後。

終於，寧寧緊抓著會場的心，唱完一首歌。

鋼琴聲隨後停止。

即使如此，會場依然鴉雀無聲。

寧寧從椅子起身之後，觀眾的情緒終於爆發，響起興奮的歡呼。「好厲害！」「超棒！」

「簡直就像本人嘛！」接連傳來稱讚的聲音，還有人用手指吹哨。

掌聲停不下來。

興奮無從平息。

這股氣勢彷彿會永遠持續下去。

到最後是影片先結束了。

畫面維持狂熱的氣氛轉黑。

「觀看次數也很驚人。」

美織指向計算次數的數字。

「兩百萬啊……」

那裡如此標示。

「也看看留言吧。」

美織將畫面往下捲動。

——有夠讚

——真的唱得很好耶

——話說是不是很像霧島透子？

——歌聲聽起來真的一模一樣

——難道是本尊登場？

——誰來驗證一下

——怎麼想都是霧島透子吧

「最後一則留言是十個月前的四月嗎……」

「大概是在這之後，大家都無法認知到她吧。」

這個推測恐怕正確。

「有沒有霧島透子唱同一首歌的影片？」

「有，在這裡。」

大概是猜到咲太會這麼問，美織已經準備好網址。

按下播放鍵。

開始播放的是ＭＶ，兒童公園的鞦韆上擺著馬口鐵麋鹿的影像。咲太對這隻麋鹿有印象。

「這隻麋鹿……」

是幾天前和寧寧一起去元町時，在山手區的聖誕之家買下的。

分心思考這件事的時候，前奏結束的歌聲刺激耳膜。第一聲響起，注意力就被吸引過去。和剛才聽到的岩見澤寧寧的歌聲就是這麼相似。Ａ段、Ｂ段、導歌以及副歌聽起來都一模一樣，沒有突兀感。

如果什麼都不知道，應該會毫無疑問認為是同一個人的歌吧。肯定會這麼認為。

很能理解留言欄為什麼會熱烈討論寧寧就是霧島透子本人。

「如果只聽這個，我也會認為她是霧島透子。」

「社群網站上也猜測她可能是霧島透子，好像在某些圈子造成騷動。」

聽過兩部影片比較之後更容易這麼認為。

「岩見澤寧寧小姐的社群網頁，也有很多人留言發問。」

「美東，妳看得真仔細耶。」

「因為居然有一個只有我們兩個看得見的人，也太恐怖了吧？」

這個意見很中肯。

「所以美東，妳怎麼想？」

「什麼怎麼想？」

「當然是妳覺得像不像之類的。」

「像嗎？」

美織回以包含疑問的含糊答案。

「不會認為是本尊嗎？」

「其實我也發現了這種東西。」

美織操作筆電切換畫面。

瀏覽器顯示的是上傳影片一覽。許多影片縱向排列，即使畫面往下捲也連綿不絕，大概有一百部左右吧。

縮圖毫無例外都顯示「霧島透子」的名字。

美織隨意挑選其中一部播放。

開始播放的是剛才聽過寧寧版與透子版做比較的歌曲。畫面映出像是錄音室的場所，唱歌的是不到二十五歲的長髮女性，鏡頭從九十度側面捕捉她的身影。

而且她的歌聲酷似寧寧。意思就是也和霧島透子的歌聲如出一轍。

至少只聽一次的話不會認為是別人唱的。

「這是？」

咲太的視線移向美織，投以純粹的疑問。

「搜尋『霧島透子』就會顯示出來的影片。這種感覺的影片有一百部以上。」

「全都像是霧島透子的感覺嗎？」

「嗯。」

美織靜靜點頭。

「每部影片都有留言說『好像本尊』。」

美織在筆電上滑動的手指選了其中一部影片的留言欄。

——這是本尊吧

——發現霧島透子！

——這次肯定沒錯

和寧寧的影片類似的留言集中在該處。

「觀看次數也大致差不多。」

美織以困惑般的表情看向咲太。

「大約兩百萬嗎？」

美織微微點頭。

「然而，雖然時期各不相同，每一部都在某個時間之後就完全沒有留言了。就像岩見澤寧寧的影片那樣。」

美織露出更加困惑的表情說道。

聽到這裡，咲太終於明白美織想說什麼了。理解了。咲太自然也因為困惑而皺起臉。要是現在照鏡子，想必是和美織相同的表情。

「儘管覺得不可能，該不會連這些人都隱形了吧？」

美織的嘴角露出乾笑。

「我不願意這麼想就是了……」

咲太不想說下去，在中途停止話語。

感覺有這個可能性。

正因為這麼想，美織發問了。

正因為現在這麼想，咲太只能苦笑。

像是焦躁的尷尬氣氛在兩人之間流動。

「傷腦筋耶。」

「傷腦筋呢。」

彼此無論說什麼都不會消除疑問。

因為知道這一點才露出這種假笑。

此時……

「來，兩位久等了。」

店員阿姨端來兩個托盤。

一個是咲太點的炸里脊豬排定食。

另一個是美織點的黑咖哩豬排。

「那個，不好意思。」

料理放在桌上時，咲太向阿姨開口。

「是，什麼事？」

阿姨的親切笑容朝向咲太。

「可以請您看一下這部影片嗎？」

咲太以眼神示意之後，美織拿起筆電給阿姨看畫面。影片已經在播放。

剛才咲太與美織看過，不到二十五歲的女性唱歌的影片。

「影片？對不起，看起來沒在播任何東西啊。」

「聽不到歌聲嗎？」

配合咲太的問題，美織明顯調高音量，大得整間豬排店都聽得到。

「是只有年輕人聽得到嗎？記得叫作蚊音？天啊天啊，我真不想變老。」

阿姨朝咲太與美織露出和藹的笑容。

「謝謝您。抱歉突然提出這個奇怪的要求，您幫了大忙。」

「是嗎？那麼請慢用。」

店員阿姨朝剛進店的客人說著「歡迎光臨」前去接待。

看了這一幕的美織靜靜闔上筆電，小心翼翼地收進包包。

「真是傷腦筋耶。」

完全出自逞強的苦笑。

咲太也知道自己表情僵硬。

這是打從心裡覺得「傷腦筋」而說出的話語。

「真是傷腦筋呢。」

美織也難得露出苦笑。

和咲太露出相同的表情。

「總之先吃吧。」

對兩人來說唯一的救贖，就是擺在面前的炸里脊豬排定食與黑咖哩豬排看起來很好吃。

「說得也是。我要開動了。」

「我要開動了。」

## 2

「真是傷腦筋耶。」

咲太在大船站和美織道別，獨自搭電車回到藤澤。從車站走向住慣的公寓途中，同樣的呢喃數度脫口而出。

「傷腦筋耶。」

走上平緩坡道的時候也是。

經過公園旁邊的時候也是。

抵達公寓檢查信箱的時候也是。

搭電梯的時候也是。

打開大門門鎖的時候也是，下意識地說出「傷腦筋耶」。

已經連他自己都不知道是對什麼事覺得「傷腦筋」了。

因為除了岩見澤寧寧，或許還有其他隱形人嗎？

因為得知了這個可能性嗎？

真要說的話是後者。

如果不知道就可以不去在意。

「真的傷腦筋耶。」

咲太開門走進家裡。

正在脫鞋的時候，電話在客廳響了。

「好好好，來了。」

咲太急忙前往客廳。

電話螢幕顯示一個像是看過又像沒看過的號碼。

總之咲太將話筒抵在耳際。

「喂？」

以制式化的聲音接電話。

感覺得到對方倒抽一口氣，傳來莫名的緊張感。

『請問是梓川先生府上嗎？』

聽到這個聲音的瞬間，咲太便知道是誰了。難怪覺得對這個號碼有印象。

『敝姓福山。』

電話另一頭繼續這麼說。

「是我，怎麼了？」

『太好了，是梓川嗎？你還是去辦手機吧，我費了好大工夫才查到你的聯絡方式。首先我聯絡一起聯誼的明日香……』

「那位未來的護理師是吧。」

那場聯誼還有一位叫作千春的護理系學生一起參加。

『對對對。然後我請明日香聯絡上里同學，再轉達給她的男友才終於問到。』

「國見居然願意告訴你。」

現在是講究個資保密的時代。

『我請她轉告說我有急事想聯絡。』

既然沙希從中牽線，就可以確認拓海的身分。佑真肯定也因而諒解。

「發生了什麼事嗎？」

『首先，上次在機場很抱歉。』

「你有做了什麼嗎？」

『當時我沒有好好聽你說吧？而且到頭來，我不知道你想說什麼。』

「沒關係，我不在意。」

真要說的話比較在意寧寧。連咲太也不知道她那天之後怎麼樣了。雖然打過好幾次電話，卻連接電話的徵兆都沒有。

「我才想問，你那天說狀況有些混亂，你那邊沒問題嗎？」

『嗯～哎，我就是要說這件事。』

拓海的心情和那天一樣有點低落，感覺語氣也變得比較柔和。這恐怕不是咲太多心了。咲太再度開口之前，拓海下意識地吐出長長的一口氣。

『那時候，我收到來自北海道的通知。』

「難道是不太好的消息？」

『嗯～就是那種消息……有人通知我的國中同學出車禍過世了。』

拓海像在說給遠方的某人聽……卻又像在自言自語。

「很好的朋友嗎？」

『高中就分開了，所以畢業之後沒見過面……不過在國中時代常常聊天。是在國二的時候從東京轉學過來的同學。』

咲太聽寧寧說過曾經有這樣的轉學生，這個轉學生的存在成為她注意到拓海的契機……

『我想參加他的葬禮，所以當時沒什麼餘力，抱歉。』

「在那種日子去找你，反倒是我要道歉。」

『哎，不過我趕回去是對的。有人說葬禮是為了還活著的人所舉辦，這是真的。』

拓海的聲音隱約帶著感傷，聽起來像是朝著天空編織而出。

「那你有好好向他道別吧？」

『有喔。我在中途哭得唏哩嘩啦，被以前的同學笑得半死。』

拓海像在為自己打氣般輕聲笑了。

不過，大概是說著說著一股情緒湧上心頭，他稍微吸了吸鼻水。

「你特地聯絡我是為了說這件事？」

『不，這也是原因之一……但我從當時在場的同學們那裡聽到一件怪事。』

「怪事？」

『關於「#夢見」的事。』

對咲太來說，這是在最近這兩週保持距離的字眼。以成人之日為界線，媒體也變得很少報導了，所以咲太不太在意。

或許因為這樣，咲太竟然感到懷念。

「北海道現在還在流行嗎？」

『東京也還在流行啦。像是聯誼的時候大多會先聊這個話題喔。』

「這我第一次聽說。」

『因為你和社群網站無緣啊。』

「這個『#夢見』事到如今又怎麼了？」

『我那個出車禍過世的朋友，平安夜那天沒有作夢。』

「所以呢？」

所謂的大人不會作「#夢見」這個標籤所說的像是現實的夢，同世代之中也有麻衣這樣沒作夢的人，透子也說她沒作夢。

『大家相信那種夢是預見未來吧？』

「一般來說是這樣。」

不過咲太認為也可能不是這樣……

『所以會沒作夢，或許是因為「在未來死掉了」……我的同學們之間是這麼傳的。』

「……」

這是之前想都沒想過的說法。

既然自己不存在於未來，確實無法夢見未來的自己。

理所當然的簡單方程式。

邏輯上說得通。

『雖然我覺得沒這回事……但你之前好像說過櫻島小姐沒作夢……』

換句話說，這才是他打電話的理由。

「雖然我覺得沒這回事，不過謝謝您告訴我。」

拓海的說法還沒有任何確切的證據。

但是多虧拓海，感覺四散的拼圖拼片有好幾塊拼起來了。

朋繪作的夢。

麻衣沒作夢的原因。

如果麻衣真的在擔任一日警察局長的時候身受重傷昏迷不醒……如果這個狀態持續到咲太與大家夢見的四月一日，就可以理解麻衣沒作夢的原因。

但是其中也有矛盾。咲太與許多人作的夢。麻衣自稱是「霧島透子」的那場夢無法和這個推論連結在一起。

因為在夢中，麻衣站上舞臺展現美麗的歌聲……

這麼一來，應該把郁實的說法當真嗎？那種夢不是未來，是另一個可能性的世界。人們只是窺視了那個世界。

真相的天秤朝這個方向傾斜，不過現在就斷定還很危險。

拓海這段話確實令咲太看見新的東西，但是感覺還沒看見的東西比較重要。

『不提這個，梓川。』

「請問有什麼事？」

『就是這個啦，這個！』

「請問是哪個？」

『為什麼說到一半變成敬語？』

「我是會尊敬年長者的那種人。」

『……』

拓海在電話另一頭語塞。

「福山先生比我大對吧？大我兩歲這麼多。」

『為什麼被發現了？我明明一直隱瞞以免被發現啊！』

拓海露骨地嚇了一跳。

「我是從熟知福山先生的某人那裡聽說的。」

『難道是你在機場說的……我的女友？』

「對。」

『嗯～～那麼我真的忘了某些事吧。』

他的聲音聽起來像是接受了這個說法。這對咲太來說是意外的反應。

「你相信我的胡言亂語嗎？」

『我有時候會沒辦法回想起某些事。你之前也問過吧？問我為什麼報考我們大學。』

雖然當時不太在意，不過拓海確實以嚴肅的表情說出「為什麼啊？」這種話。

『我在想，明明不可能不知道，為什麼我會不知道？』

現在的咲太知道。

知道拓海為什麼會忘記自己志願報考這所大學的動機。

因為當時是陪著岩見澤寧寧報考，因為現在無法認知到這個女友。既然寧寧位於原因的根源，如果沒能認知到寧寧，拓海就不可能知道原因。

『然後聽你在機場那麼說，再加上圍巾的事……我心想這或許就是原因吧。』

「既然願意相信我的說法，無論如何都請回想起來吧。」

『總之，我會努力。』

「請您拚死努力。那位女友也說自己沒作夢。」

『……』

感覺得到拓海倒抽一口氣。

「那位女友或許也處於危險狀態。」

『真的嗎？』

「真的。」

『……』

「我現在滿腦子都是麻衣小姐，這部分就交給福山先生您了。」

『如果我想辦法處理，你可以停止使用那種噁心的敬語嗎？』

「我保證。」

『那我就有幹勁了。』

拓海稍微一笑。

咲太也解除緊張，吐了一口氣。

「這趟返鄉或許是好事。比方說畢業紀念冊之類，各種東西請重新拿出來看一次，應該會成為某些契機。」

『知道了，我試試看。有什麼事再打電話給你。』

「好的，我也會。」

『那就再聯絡吧。』

電話掛斷了。

咲太放回話筒，等不到一秒就再度拿起來。

撥打的是麻衣的手機號碼。

響了好幾次鈴聲之後，電話接通了。

『咲太？怎麼了？』

光是這句話，安心的感覺就滿溢而出。

咲太早已決定回應的話語。

「麻衣小姐。」

『什麼事？』

「我想立刻見妳一面。」

『是嗎？那剛好。』

「咦？」

門鈴宛如在回答咲太的疑問般響起。

咲太懷抱期待按下應門的按鍵。

映在小小螢幕上的人是麻衣。

『我很冷，快點開門。』

「我現在開門。」

按下開鎖的按鍵之後掛掉電話。

等不及麻衣從一樓上來，咲太走到玄關套上拖鞋出門。

公寓走廊另一頭響起電梯開門聲。
麻衣隨即現身。
「麻衣小姐。」
聽到咲太的呼喚，麻衣露出有點吃驚的模樣，但是立刻化為溫柔的表情。
「怎麼了？」
她說著走向咲太。
咲太也走向麻衣。
兩人的距離縮短到五公尺。
彼此每走一步就縮短到四公尺、三公尺。
終於在只差一步的時候，麻衣停下腳步。
咲太沒停下來，就這麼緊緊抱住麻衣。
「說真的，怎麼了？」
麻衣以剛才的語氣問。
不過，大概是立刻察覺到咲太緊抱她的雙手在發抖。
「怎麼了？」
她改以溫柔的音調問。

咲太的回答只有一個。

「麻衣小姐由我來保護。」

這樣的一句話並不會將一切傳達給麻衣。

咲太發生了什麼事，麻衣也一無所知。

不過麻衣只感覺到發生了某些事。

現在的兩人只要這樣就足夠。

「那麼，咲太就由我來保護。」

伴隨著這句話，麻衣的雙手溫柔地抱緊咲太。

此時，電話在屋內響起。

對聲音起反應的那須野抬頭看向電話，一段留言存入語音信箱。

『我希望你幫個忙，所以打電話給你。二月三日，請你來到我接下來所說的地點。橫濱市金澤區——』

是來自霧島透子的電話。

## 3

二月三日，節分。

太陽也開始大幅西斜的下午三點半。

咲太站在從金澤八景站徒步約十分鐘的三層樓小型公寓前方。

「是這裡沒錯吧？」

從電線桿的區塊編號來看，和寫在便條紙上的住址一致。

兩天前的夜晚，透子單方面在語音信箱留下訊息。咲太聽完留言回電想問原因，但是電話沒接通。

所以咲太不得已，便依照留言來到指定的場所。

反正無論如何都有話要對透子說。

紙條最後寫著「２０１號室」。

咲太走上階梯，從旁邊的門開始確認。最深處是２０１號室。

沒掛門牌。

只有冰冷沉默的門迎接咲太。

所以不知道這裡是誰家。

按下對講機之後，說不定會是陌生人來應門。

即使如此，如果在陌生住家門口佇立太久只會被當成可疑人物。咲太不再猶豫，按下對講機按鈕。

聽得到室內響起鈴聲。

門鈴肯定在響。

「不知道會出現什麼牛鬼蛇神……這句話是在這種時候用的吧。」

等待回應的咲太聽到門後傳來腳步聲。正在接近。這個聲音在面前停止，接著傳來開鎖的金屬聲，門靜靜地開啟。

從門縫看見的是熟悉的臉龐。

和上次一樣穿著迷你裙聖誕服的這個人是透子。

把咲太叫來這個地方的主使者。

「我依照指示過來了，所以呢？」

「這個，幫我扔到樓下的垃圾場。」

透子給了兩個塞得滿滿的垃圾袋代替問候。兩個都沉甸甸的。

「這是什麼？」

「拜託你了。」

問題沒得到答案，門也關上了。

就這麼雙手提著垃圾袋佇立在這裡同樣是可疑人物，要是被鄰居目擊甚至報警可不是鬧著玩的。既然寧寧是隱形人，就沒人能站在咲太這邊證明他的清白。

逼不得已，咲太只好雙手提著垃圾袋，從剛才走上來的階梯下樓。半透明的垃圾袋裡幾乎都是衣物的樣子。

以分量來說相當多。

感覺是相隔好幾年的大規模處理。

大概是所謂的斷捨離吧。

咲太思考著這種事下樓，找到設置在公寓公共區域，丟垃圾用的金屬製儲放櫃，打開蓋子。一次拿起一個大容量垃圾袋扔進去。扔進第二個垃圾袋的時候，響起「鏗」的沉重聲響。

「嗯？」

不知道內容物的咲太終究會在意。

或許是不能分類為一般垃圾的東西。雖說是受託拿來扔的垃圾，既然是由咲太扔進去的，他希望可以確實分類。

咲太從儲放櫃拖出剛扔進去的垃圾袋確認底部，看得見透明發光的物體。聽聲音應該不是塑膠材質，大概是壓克力，說不定是玻璃。

咲太打開袋子取出這個物體確認。

一看就知道是什麼東西。

「這是……校花選拔賽的獎盃吧。」

因為表面刻著「校花選拔賽」的文字。

得獎者的姓名當然是「岩見澤寧寧」。

這是可以丟掉的東西嗎？

當然是可以丟掉的東西，才會放進垃圾袋吧……

稍微猶豫之後，咲太只將衣物扔進儲放櫃。要是咲太在這時候扔掉獎盃，感覺就像是咲太決定扔掉的。

咲太一邊確認獎盃是否有受損，一邊上樓回到住家前面，再度按響對講機。

「這麼久才回來。」

門一開就傳來這句懷有不滿的話。

「正常來說不是應該先道謝嗎？」

「謝謝，你幫了大忙。」

「還有，這個可以丟掉嗎？」

咲太拿獎盃給透子看。

透子的視線像被引導般看向咲太的手——看著獎盃。

「你連不能丟掉的東西都會放進垃圾袋嗎？」

「我的話不會放。」

「太好了。我也一樣。」

「對岩見澤寧寧小姐來說，這不是很重要的東西嗎？」

咲太視線落在獎盃上所刻的名字。

「那是誰？」

透子回以事不關己的反應。

「妳的本名。」

「你在說什麼？我是霧島透子。」

透子極為自然地看著咲太，看著正在說話的咲太。對於獎盃已經完全不感興趣，視線沒朝向該處。並不是在勉強自己，而是真的沒興趣，應該說像是置身事外，所以理所當然般完全感覺不到透子對獎盃的眷戀。

岩見澤寧寧報告自己奪冠的社群網頁，明明述說著由衷的喜悅以及對周圍的感謝……

證明這一點的獎盃，她捨得輕易放手嗎？

透子過於明確的態度，使得咲太無論如何都覺得不對勁。總覺得怪怪的，也可以形容為毛毛的。

剛才那句「那是誰？」聽在咲太耳裡也像是對陌生人說的。

一起前往元町時不存在的突兀感。

不過目前還不足以看清是什麼要素令咲太迷惘。

即使覺得哪裡怪怪的，也不知道是哪裡怪怪的。

如果有人說透子以前就是這種人，也會覺得或許就是這樣。

「別說了，進來吧。」

透子大幅打開門，邀請咲太進入屋內。

「打擾了。」

雖然留下疑問，但在她的催促之下，咲太姑且先走進玄關。明明不必去大學卻特地來到金澤八景，可不能只丟個垃圾就回去。

「拖鞋給你穿。」

配上聖誕樹的玄關地墊上擺著有麋鹿圖案的拖鞋。搭配迷你裙聖誕女郎，世界觀是統一的。

在這個時間點，咲太沒有覺得不可思議。

只覺得透子原來是這種品味。

走上玄關隨即就是約一坪半大的廚房，通往室內的門共有三扇，一扇是浴室，另一扇應該是廁所。透子打開的深處的門後似乎有房間。是浴廁分離，頗為寬敞的套房。

「不用客氣。」

透子走進房間。

「那我就不客氣了。」

咲太也跟著要走進去，但他的腳步立刻停下。

「……」

從門口看見室內的瞬間，驚訝竄過全身。他反射性地站著不動。

理由很單純。因為被帶著走進的房內狀況和想像的截然不同。

首先視線朝向房間中央，有一棵以金銀裝飾品裝飾的聖誕樹，而且是只比咲太矮一點的大聖誕樹。

牆上的收納架上擺著松果花圈、雪花球以及好幾個聖誕老人娃娃，其中也有先前在元町店鋪購買的馬口鐵麋鹿，小小的雪橇堆著許多禮物盒。

室內算得上家具的家具只有沙發床以及擺著蘋果標誌筆電的工作桌，其他地方都擺滿聖誕老人與聖誕物品。

至少看起來不像是普通女大學生的房間。退一百步來說，如果是聖誕季節還可以理解，如果今天要邀請朋友開派對也還可以理解。然而現在是二月，而且是三日節分。

「不要呆呆站著，過來這裡。」

「真是有個性的房間耶。」

不過就某種意義來說，很像是迷你裙聖誕女郎居住的家……

如果只聽描述或許會覺得是快樂的房間，小朋友或許會滿心期待。不過實際身處在這個空間的話，恐懼的心情略勝一籌。

咲太重新環視室內，和聖誕老人娃娃四目相對。烏溜溜的眼睛看著咲太。老實說，咲太好想立刻離開這裡。待太久感覺腦袋會出問題。

「這個，希望你幫忙組裝。」

透子無視咲太的心情，將房間角落擺放的折疊式小桌子移動到聖誕樹旁邊。

桌上有丹麥出身的玩具積木，零件散亂，大概是正在製作某個東西。

「男生擅長這種東西對吧？」

「我認為也有男生不擅長喔。」

「你呢？」

「哎，算普通吧。」

咲太坐在透子準備的雪人坐墊上，姑且先檢視積木的設計圖。完成之後似乎是一間小木屋，積雪的三角屋頂與長長的煙囪是特徵。也附有小木屋居民以及聖誕老人的娃娃，可以理解是擷取了聖誕老人來到家裡的場面。這也設計得很好。

目前組裝完成的只有當成基底的地面。

「那麼，開工吧。」

首先將積木以顏色分類。灰色的煙囪零件、褐色的小木屋牆壁、白色與藍色的屋頂。分類完畢之後，咲太從褐色牆壁開始組裝積木。

坐在桌子正對面的透子看著這一幕。

只看這個場面，感覺有這種約會也不錯。如果這裡是咲太家，坐在正面的是麻衣，應該可說是不錯的狀況吧。然而這裡不是咲太家，在一起的對象也不是麻衣。在聖誕風格的家裡被迷你裙聖誕女郎注視並組裝積木。搞不懂這到底是什麼狀況。

思考這種事的咲太暫時默默進行作業，然後在感覺到極限的時候，決定提出重要的話題。今天他願意被透子叫來見面就是為了這個原因。

「去年聖誕節，『#夢見』不是鬧得很大嗎？」

「怎麼了？」

「從霧島小姐這裡收到聖誕禮物的許多年輕人，夢見未來光景的那個事件。」

「所以呢？」

透子的眼睛注視著咲太組裝積木的手指。

「因為這個事件，現在出現奇怪的傳聞。」

「我沒興趣。」

極為冷淡的態度。

咲太不為所動，繼續說下去。

「那天沒作夢的人，可能是因為不存在於未來。就是這樣的傳聞。」

「意思是……」

透子終於抬起頭，隱含疑問的眼睛看向咲太。

「就是死掉了的意思。」

咲太沒有慎選言辭。

只有這一點必須正確傳達才有意義。

「……」

「霧島小姐，妳說過自己沒作夢吧？」

咲太組上小木屋窗框的積木。

「和你的女友一樣吧。」

透子試探般問了。

「而且不是僅止於社群網站上的傳聞，真的有人死掉喔。」

「是你認識的人嗎？」

「是霧島小姐認識的人。」

「……」

瞬間的沉默。

積木組裝的聲音逐漸填滿這段沉默。

「很可惜，我認識的人都還活著喔。」

「在妳國中時代，有一個男生從東京轉過來對吧？」

「我不認識這種人。」

「真的嗎？」

「真的。」

透子的語氣沒變。即使聽到認識的人死亡，連眉毛也沒動一下，甚至沒有稍微吃驚或因為突然的訃聞而悲傷。對於咲太告知的內容，她的反應很淡。太淡了。這是咲太老實的感想。

「……」

面對透子不太對勁的態度，咲太下意識將疑問寫在臉上。總覺得牛頭不對馬嘴，像是積木組錯位置的感覺。

「怎麼了？你表情怪怪的。」

「福山他匆忙趕回北海道，是為了出席那個人的葬禮。」

「你從剛才就在說些什麼？」

「我才要問霧島小姐，妳在說什麼？」

總覺得怪怪的。今天來到這裡之後，咲太與透子對話一直沒有交集，感覺沒在同一條線上。肯定沒錯。然而即使到了現在，咲太依然不知道原因。

咲太苦惱接下來該說什麼時，透子自顧自地先開口了。

「首先，你說的那個『福山』是誰？」

突如其來的話語。

「啊？」

不只是覺得突兀的程度，不是稍微沒交集這麼簡單。透子的態度令咲太整個人僵住。咲太懷疑自己聽錯，因為他聽到了離譜的話……

「福山拓海啊，妳的男友！」

咲太不禁探出上半身。

「我不認識那種人。」

相對地，手撐在後面的透子拉開距離。

她以錯愕的表情看著咲太，眨了兩次眼睛。

「是妳在北海道那時就交往的對象啊！」

「就說我不認識了。」

沒有任何玩笑話介入的餘地。

「妳真的不知道嗎？」

組裝積木的手已經完全停下。

「我完全聽不懂你在說什麼。」

透子不耐煩似的甩開咲太的問題。

「是妳以岩見澤寧寧的身分交往的福山啊！」

咲太筆直注視透子的眼睛訴說，期待聽到「我認識」、「我知道」、「這不是當然的嗎」這種回應。

然而結果不同。

在這個時間點，咲太已經料想到她會說「不認識」。

而透子輕易超越了咲太的料想。

是最壞的結果。

「又是沒聽過的名字。」

透子的聲音帶著嘆息。

「咦？」

「你說的那個岩見澤是誰？」

透子向咲太投以單純的疑問。

她的眼睛純真無瑕。

因為真的不知道，透子才會問咲太。

完全沒有演技介入的餘地。

眼前是咲太不知道的事實，被迫面對這個無法理解的現實。

咲太背部一顫，感覺到一股足以讓內心瞬間凍結的寒冷。

以聖誕節與聖誕老人點綴的房間多麼異質，如今咲太早就不在意了。咲太面前正在發生更奇怪的事。

「妳對這個獎盃有印象嗎？」

咲太擠出聲音般詢問透子。

「沒有，所以才丟掉的。你卻拿回來了。」

「真的不知道嗎？」

「我聽不懂也不知道。」

「真的是真的嗎？」

「不知道也聽不懂。」

「……」

錯誤的難道是咲太嗎？透子的態度始終如一，甚至令人這麼認為。

沒有就是沒有。

她如此斷言。

「算了。你回去吧。」

透子一副不耐煩的樣子起身。

嫌礙事般俯視咲太。

咲太抬頭看著她的雙眼，抱持最後的希望發問。

「妳不知道自己是岩見澤寧寧嗎？」

這是不可能的。

至少她直到數天前都還有身為岩見澤寧寧的記憶。她說過待在北海道時和拓海的回憶，敘述兩人相識相戀的經過。

所以除非喪失記憶，否則不可能全部忘記。

即使如此，這種令人匪夷所思的事情如今在咲太眼前發生了。

「我不知道什麼岩見澤寧寧，不認識。這樣滿意了嗎？」

每字每句，透子叮囑般告訴咲太的話語沒有迷惘。因為不知道，所以不會迷惘。因為不認識，所以不必迷惘。

真的缺乏身為「岩見澤寧寧」的自覺。

「我是霧島透子，我應該說過好幾次吧？」

只擁有自己是「霧島透子」的自覺。

「……」

咲太不知該怎麼回應，默默站了起來。

「那個東西，你扔掉再回去吧。」

透子毫無感慨地俯視咲太放在桌上的獎盃。

咲太已經沒有任何能傳達給她的話。

就這樣依照吩咐抓起獎盃。

「我今天先回去了。之後只要裝上屋頂再組裝煙囪就完成了。」

他的視線落在組到一半的積木上。

「剩下的我自己試試看。謝謝。」

道謝的話聽起來好空虛。

我完成了什麼事嗎？

咲太思考著這個問題移動到玄關，在聖誕樹的玄關地墊脫下麋鹿拖鞋。穿上鞋子後，咲太頭也不回地打開大門。

下樓的時候感覺背後有視線，但是咲太沒停下腳步也沒回頭。

咲太終於停下腳步的地方是垃圾場前方。

低頭一看，手上是透明的獎盃。

讚揚去年度校花選拔賽冠軍的獎盃。

上面刻著「岩見澤寧寧」這個名字。

存在的證明就在這裡。

然而在她本人失去「岩見澤寧寧」這個自覺的現在，不知道這個名字具有多少意義。

如果她就這麼忘記，繼續是拓海與其他人無法認知的存在，「岩見澤寧寧」還能算活著嗎？

「因為這樣才沒有作夢吧。」

如果將「存在」定義為自身的意識與他人的認知，「岩見澤寧寧」或許已經等於死亡。

之後要是咲太忘記，也不被美織認知……或許她就真的會死去。

打開垃圾場的儲放櫃蓋子，裡面有寧寧委託咲太丟掉的兩個垃圾袋。

「丟掉的是岩見澤寧寧的人生嗎？」
咲太手握的獎盃也是岩見澤寧寧的東西。
身為霧島透子的她不需要的東西。
「既然這樣，至少由妳自己丟吧。」
咲太感到一陣煩躁，蓋上儲放櫃。
將手上的獎盃塞進大衣口袋。
此時的他已經朝車站方向踏出腳步。

## 4

走到金澤八景站之後，咲太沒有前往驗票閘口，第一件事是走向公用電話。首先拿出身上所有零錢堆在電話上，拿起話筒投入第一枚十圓硬幣，熟練地依序按下十一個數字。
鈴聲告知電話確實撥號中。
等到鈴響第三次之後接通了。
「雙葉？現在方便嗎？」

咲太搶先開口。

『接下來是姬路同學的課，長話短說吧。』

理央沒有表現驚訝，回應也是精簡又確實。

她身後傳來另一個聲音。

『電話是咲太老師打來的嗎？那晚一點也沒關係喔。』

這個聲音與說話方式是紗良。

既然和理央在一起，兩人應該已經在補習班了。或許是在自由空間討論今後上課的方針。

「不能打擾到姬路同學上課，所以我盡量長話短說。」

咲太壓抑急躁的心情，向理央說明今天發生的事。

聽完咲太的說明，理央第一個反應是無聲的長嘆。

『又變成非常奇怪的狀況了。』

然後她帶著苦笑說出感想。

「所以我才會找妳商量。」

『既然這樣，先說聖誕老人的房間吧。』

「那是一幅令人毛骨悚然的光景。」

『那個聽說和霧島透子有關。』

「聽說？」

耳聞的這個說法令咲太在意。

『詳情你就問她吧。』

「她？」

在疑問的中途，另一個聲音插進來了。

『啊，咲太老師，是我。』

「姬路同學，妳還在嗎？偷聽不太好喔。」

『我是光明正大地聽。』

即使思春期症候群痊癒，偷聽的壞毛病或許還是沒有痊癒。

「就算說得很可愛也不行。」

『不過，聽我說完之後，我認為老師就無法再抱怨什麼了。』

紗良充滿自信地這麼說。

「那我就洗耳恭聽吧。」

『霧島透子的影片裡，一定會拍到比如聖誕老人、麋鹿或聖誕樹這種像是聖誕節會出現的東西。老師，您不知道嗎？』

宛如把這種事當成常識，紗良以暗藏笑意的語氣意氣風發地說明。

「……」

對喔，之前美織在豬排店播放的影片有拍到馬口鐵麋鹿。若是如紗良所說，其他歌曲也有拍到類似的物品，這又意味著什麼？

「這我不知道，謝謝妳告訴我。可以把電話給雙葉嗎？」

咲太制式化地表達感謝之意。

『必須更誠心稱讚我才行。』

「站前的咖啡館要是推出新款甜甜圈，我就請妳吃。」

『真的嗎？太棒了！那我換理央老師接電話喔。』

紗良樂不可支，她的氣息從電話另一頭消失。

『關於聖誕房間似乎是這麼回事。』

取而代之傳來的是不知何時變成「理央老師」的理央沉穩的聲音。

「所以換句話說，妳認為是怎麼回事？」

『應該如同你的猜測，察覺影片共通點的岩見澤寧寧收集了同樣的物品。你也說過曾經陪她去買東西吧？』

「是沒錯啦……不過這是為什麼？」

『當然是為了成為霧島透子。』

對於咲太的疑問，理央極為簡單地回答。

過於簡單反而困難。

理解的速度無法好好跟上。

聽不懂理央想說什麼結論。

『梓川，剛開始聽你提到她的時候，我以為只是周圍的人變得無法認知到她。』

「因為有麻衣小姐這個前例吧。我原本也是這麼認為。」

然而實際上是錯的，兩者不一樣。因為今天見面時，她忘記自己是「岩見澤寧寧」……麻衣那時候沒有變成這樣。

『所以「岩見澤寧寧」並不是要消失，而是要成為「霧島透子」。這才是妥當的推測。』

「雙葉，等一下。既然『霧島透子』的真實身分是『岩見澤寧寧』，那麼『岩見澤寧寧』的身分不用消失也沒關係吧？兩種自我肯定都能成立。」

『你的朋友候補說的那句話，肯定是正確答案喔。』

「……」

聽到雙葉這麼說，咲太想起美織說的話。

『岩見澤寧寧不是霧島透子。』

理央直接說出咲太腦海中浮現的話語，語氣就像在述說證明題的結語般篤定。

「因為不是本尊，才在收集本尊『霧島透子』影片中出現的聖誕老人與麋鹿嗎？」

『我是這麼認為的。如果自己是霧島透子，就必須擁有霧島透子擁有的東西，否則會產生矛盾吧？』

「我明白妳的意思，可是……」

這是無法立刻接受的說法。眼前突然出現新的假說。

「真的有這種事嗎？」

沒能成形的這份情緒，咲太化為疑問吐出。

『我不是她，無法連她的想法都知道。但她自己或許也不知道吧。』

「哎，是啊。」

即使是自己的事，自己也未必知道。或許知道的部分反倒比較少。

『現在確定的是「她還沒以霧島透子的身分被人們認知」這一點。』

「嗯，是啊。」

『既然她始終堅持自己是霧島透子，那麼櫻島學姊或許真的有危險。』

突然提到這個名字，咲太心臟用力跳了一下。

「雙葉，這是什麼意思？」

聽不懂理央到底想說什麼。

『雖然經過成人之日的報導，媒體已經不再追著跑……不過目前在社群網站上，霧島透子真實身分的最有力候補依然是櫻島學姊吧？』

「……好像是。」

『只要沒推翻這個共識，她就不會以霧島透子的身分被人們認知吧？』

咲太終於開始聽懂理央想說什麼了。

「換句話說，岩見澤寧寧如果要成為霧島透子，麻衣小姐會成為阻礙嗎？」

『現狀是這樣沒錯。梓川，明天的一日警察局長活動，櫻島學姊會碰上意外。你之前這麼說過吧？』

「嗯，那是古賀作的夢……應該說這八成是未來模擬。」

『這可能是我想太多，不過有沒有可能和岩見澤寧寧有關？』

「……」

咲太無法立刻回答「不可能」。

『現在的她是隱形人，就某種意義來說無所不能吧？』

「至少只從今天的對話來看，我沒感覺到這種危險性。」

然而若問是否絕對不可能，還不是很熟悉她的咲太還是無法斷然否定。沒有熟悉到可以信

任，也沒有不熟悉到可以起疑的程度。

『明天我姑且也會去那場活動看看。但我看不見她，應該做不了什麼事。』

「知道明天會發生事情，所以還好……問題反倒是明天以後啊。」

即使迴避了明天的危機，這種狀況也只會繼續下去。

任何人都無法認知到她。

即使她犯下什麼罪也無從逮捕。

因為看不見。

『也是。』

「既然這樣，只能在明天之前做個了斷嗎？為此必須……」

『到頭來只能治好她的思春期症候群。』

結論正是如此。

最初得出的解答成為最佳解答。

所剩時間不多。

時限是明天下午……麻衣參加一日警察局長的活動。從現在算起已經不到二十四小時。

說到可行的方法只有一個。

只能在拓海身上賭一把了。

因為咲太說的話無法讓她理解。

因為即使以強硬手段阻止她，也只是解決當下的困境……

「我說啊，雙葉……」

『什麼事？』

「當天的班機也買得到機票嗎？」

『我沒買過，不過應該買得到吧？』

以這段對話做結，咲太結束和理央的通話。

零錢還剩下一點點。

抬頭一看，天色已經變很暗，風也變冷了。咲太以凍僵的手再度打電話。和剛才不同的號碼，是自家的電話號碼。

「花楓嗎？是我。」

咲太這次也在接通的瞬間主動搭話。

『什麼事？』

「抱歉，我今天沒辦法回去，那須野拜託妳照顧了。」

『啊？這是怎樣，要去哪裡嗎？』

「北海道。」

『啊？這是怎樣？』

花楓回以完全相同的反應。

『哎，算了，要買伴手禮回來喔。呃，對了！麻衣小姐來做飯耶，這樣可以嗎？我現在請她來接電話喔。麻衣小姐，哥哥他～～！』

花楓沒等回應，聲音逐漸遠離。

等待兩三秒之後……

『咲太？』

電話傳來麻衣的聲音。

「抱歉，麻衣小姐，我現在要去北海道見福山，花楓拜託妳了。我一定會在明天的活動之前回來。」

『知道了。我今天住你家吧。』

「我開始想立刻回去了。」

『如果你回來，我就不住了。』

「咦～～」

『那麼，路上小心喔。到了打電話給我。』

「好的，一定會。啊，對了，麻衣小姐。」

『嗯？』

「我好喜歡妳。」

『漢堡排會焦掉，換花楓來接喔。』

以帶著笑意的愉快聲音收尾，電話由花楓接聽了。然後花楓再度抱怨，要求伴手禮之後結束通話。

咲太放下話筒。

但是手沒放開。

還要再打電話給最後一個人才行。

不過，咲太的手在這時候停住了。

堆積在綠色電話上的零錢用完了，剛才投入的十圓硬幣是最後一枚。

咲太就這麼拿著話筒，將視線朝向看起來可以找零的自動販賣機。

就在這個時候，背後有人朝他搭話。

「梓川同學？」

咲太略感驚訝地轉身一看，發現是一臉疑惑的郁實。

「明明不用上課，你怎麼在這裡？」

「來辦點雜事。」

郁實的雙眼看著咲太手握的公用電話話筒。

「赤城，妳是來做課輔志工的活動嗎？」

「嗯，還有節分活動。」

大概是戴上鬼面具和學生灑豆子吧。感覺個性正經的郁實會這麼做，可以想像那副模樣。

「赤城，抱歉突然這麼說，可以借我手機或零錢嗎？」

郁實臉上理所當然帶著疑問。但她沒問原因，將自己的手機遞給咲太。

這麼一來就可以和現在回到北海道的拓海聯絡了。

## 5

開往羽田機場的電車空蕩蕩的，每張長長的座椅頂多坐著一組客人。時間是晚上八點多，乘客不多也是當然的。

在氣氛沉靜的電車上，咲太用向郁實借的手機看著霧島透子的影片。從第一部開始看，把聲音關掉。

目的是要確認紗良說的那件事。

第一部影片裡有聖誕老人娃娃。

第二部有聖誕樹。

第三部有雪花球。

然後是麋鹿的雪橇、放禮物的襪子、無數裝飾品……正如紗良所說，每部影片都確實拍到令人聯想到聖誕節的東西，而且咲太對每一個物品都有印象。

都是寧寧房間裡有的東西……

現在看的影片用了以玩具積木組裝的煙囪小木屋，聖誕老人娃娃正要從煙囪送禮物。

這不會是單純的巧合。

明顯看得出來是故意這麼做的。

而且只要知道這一點，這次檢視影片就獲得充分的成果。

「手機幫了我大忙。」

關上畫面後，咲太將手機還給坐在旁邊的郁實。

「可以了嗎？」

「嗯。」

「是喔。」

「不提這個，赤城妳真的也要一起來嗎？」

兩人搭乘的電車駛離京急蒲田站，已經進入開往羽田機場的機場線，早就經過郁實原本應該下車的橫濱站。

「既然和那個世界傳送的訊息有關，我也會在意。」

所以郁實在金澤八景站的月臺上說她要和咲太一起去北海道。

「妳不必感到責任就是了。」

「抱歉，我就是這種個性。」

「我知道，也不必道歉就是了。」

「畢竟你比較喜歡謝謝吧。」

郁實露出「這樣我會害羞」的表情。

「加上『你好努力呢』跟『最喜歡』是我喜歡的話前三名。這是某人曾經教我的。」

「……」

察覺咲太意圖的郁實稍微看向下方。但是在這之後……

「謝謝你接受我的任性。這樣可以嗎？」

她這麼說。

「這樣好太多了。」

聊著這個話題的時候，下一站已經是終點站國內線航廈站。

載著咲太與郁實飛往新千歲機場的末班機，準時在晚上九點三十分從羽田機場起飛。

穿越夜間的雲層不斷上升。

地面的光線遠離，美麗的夜景一覽無遺。

高度終於達到一萬公尺，時速將近八百公里。氣壓的變化導致耳鳴。不再耳鳴的時候，提醒繫上安全帶的燈號也熄滅了。但在同一時間，提醒旅客隨時繫上安全帶的廣播開始播放。

機上完全穩定下來後，空服員小姐開始推著推車到各個座位提供飲料。放好桌板的咲太點了溫熱的洋蔥湯，畫在紙杯上的熊臉看著咲太。坐在旁邊的郁實看見熊臉也露出微笑。

「我沒在笑。」

「笑也沒關係喔。」

大概因為是晚上十點多的時段，機上萬籟俱寂般寧靜。

只有引擎隱約作響，偶爾聽得到晃動機身的風聲。

其他旅客拿手機看電影，或是裹著毛毯熟睡。

咲太看著顯示目的地距離與飛行速度的螢幕，一直在想事情。

霧島透子的事。

不對，是在想岩見澤寧寧的事。

和咲太就讀同一所大學的三年級生，國際人文學系。

北海道出身，生日是三月三十日。

專長是鋼琴自彈自唱。

從高中時代就在家鄉北海島從事模特兒工作。

因為上大學而來到東京。

加入東京的模特兒經紀公司，開始正式活動。

在大學二年級的校慶漂亮地獲得校花選拔賽冠軍，在大學裡的知名度直線上升。從這時候開始也經常在社群網站上發文。

然而在翌年春天就完全停止更新。

恐怕是在這個時期變成無法被別人認知。借用理央的說法就是放棄「岩見澤寧寧」，試著成為「霧島透子」。

她身為「岩見澤寧寧」的自覺或許是從這時候逐漸欠缺。

咲太是在去年十月底遇見她。

卯月先一步從大學畢業離開之後的事。

打扮成迷你裙聖誕女郎的她自稱是「霧島透子」。

「……」

咲太知道的只有這些。

不知道她懷著何種心情來到東京。

無從得知她抱持何種想法度過大學生活。

難以想像她為什麼消失。

所以這是思考也沒用的事。

即使反覆思索幾個小時甚至幾十個小時，也不會得出正確的結論。因為咲太是咲太，不是岩見澤寧寧。

明知如此，咲太還是無法放棄思考。

昏暗夜晚的機上氣氛令他這麼做。

在咲太的思緒進入無限迴圈的時候，開始播放「本機即將降落」的廣播。

從羽田出發約一個半小時。

窗外下方看得見北海道夜晚的大地。

「期待您再度利用。」

被這句恭敬的招呼送下機的咲太放空心思，隨著其他乘客人潮走在機場的長長通道上。郁實緊跟在後。

超過十一點的機場內沒什麼人，充滿不可思議的緊張感。

咲太放空心思專心行走。

前進一陣子後就看見入境大廳。

在閘門後方，前來接機的人們期待著這一刻般看向這裡等待。大約有三十人吧。

有面帶笑容迎接兒子返家的婦女，也有看見女友抵達而笑逐顏開的男性。

咲太在眾人之中發現圍著橘色圍巾的人物。

是拓海。

他也立刻發現咲太，微微舉手示意，露出迎接朋友的笑容。不過這張笑容變成疑惑驚訝的表情，因為他發現咲太的斜後方……是郁實。

咲太看著半張著嘴的拓海，來到入境大廳。

「沒想到你真的會來。」

拓海說出和那天相同的話，露出更勝那天的苦笑。

「我說過會來啊。」

「正常來說都會覺得是玩笑話。而且……」

「抱歉我突然跑來。」

接收視線的郁實客氣地低下頭。

「不，我不在意，但會心想為什麼。」

在交談的同時，咲太從通道移動到旁邊以免妨礙到其他旅客。

「所以接下來的行程呢？決定住哪裡了嗎？」

總之先討論當前的狀況。拓海在這樣的氣氛下坐在長椅上。

「抱歉，我先和家裡聯絡一下。」

郁實如此告知後稍微離開咲太與拓海，顯然是貼心地想讓兩人好好談。

那麼趕快進入正題比較好，何況咲太沒時間了。

咲太隔一個座位坐在拓海旁邊。這個時候，大衣口袋裡的獎盃探出頭。咲太與拓海的視線自然朝向那裡。

「口袋裡裝了什麼東西？」

「這個。」

咲太拿出獎盃給拓海看。

證明寧寧獲得校花選拔賽冠軍的透明獎盃。

「你不記得嗎？」

「……」

拓海皺起眉頭，維持這個表情僵住。

只看現在的反應很難解讀是什麼意思。是吃了一驚？還是難以理解？兩種都說得通。

唯一確定的是拓海的雙眼現在也看著獎盃，定睛注視著不曾移開。

等待一陣子後，拓海不發一語地伸出手。指尖碰觸到獎盃，直接穩穩抓住。

咲太慢慢放開手。接著，拓海將獎盃拿到自己身邊，以雙手小心翼翼地包覆住。

他的手指撫摸表面所刻的文字。

撫摸刻著「岩見澤寧寧」的部分。

疼愛般重複這個動作無數次。

拓海的嘴脣顫抖著想說話。

但是遲遲說不出口。

拓海沒呼喚他應該知道的這個名字。或許是無法呼喚。

「梓川……」

拓海終於說出口的是咲太的名字。

「福山，冷靜下來好好回想吧。」

獎盃肯定給了拓海某種契機。

然而聽到咲太這句話，拓海搖搖頭。

像在否定咲太，一次又一次搖頭。

「不是的，梓川……」

拓海接下來發出的聲音在顫抖，乾燥而沙啞。

「……福山？」

「畢竟，你看，這個……」

就像擠出聲音……

「當時真的很開心啊。」

就像吐露情感……

「獲選為冠軍，寧寧她笑得超開心的！」

拓海百感交集地說出這個名字，雙眼因淚水而模糊。

滴答，滴答，大顆的淚珠從臉頰滑落。淚珠也落在獎盃上，落在寧寧的名字上逐漸弄溼。

「我……為什麼之前一直忘了……！」

目不轉睛地注視著「岩見澤寧寧」這段字的拓海露出溫柔的眼神。

「不枉費我來到北海道了。」

咲太輕輕將手放在拓海背上。

# 第四章

# 不會夢到聖誕服女郎

# 1

新千歲機場裡的溫泉設施館內完全夜深人靜。

時間是深夜一點多。

咲太他們為了消磨時間等待明天的首班機，決定在深夜也營業的溫泉設施待到天亮。

寬敞的大浴場以及同樣寬敞的露天溫泉。岩盤浴、餐廳與休息區等豐富設備一應俱全。

咲太先泡溫泉放鬆一下，換上館內專用的短褂，如今躺在紓壓室裡可以調整椅背角度的休閒椅上。

手上拿著可以自由取閱的漫畫隨意翻閱。

獨處一陣子之後，拓海來到旁邊的休閒椅。他和咲太一樣穿著灰色短褂。

「赤城同學要我轉達，明天的首班機訂到票了。」

「時間呢？」

「好像是七點半起飛，九點十分到羽田。」

拓海的視線朝向手機。他正在看郁實用通訊軟體傳來的訊息，才會是這種語氣吧。

「赤城呢？」

「她說在隔壁的女性專用紓壓室休息。」

「幫我向她說謝謝。」

「我才不要，你自己說。」

拓海說完從旁邊把自己的手機扔給咲太。咲太放開漫畫，接住手機。多虧這樣，他不知道剛才看到第幾頁了。反正也沒有仔細看，完全沒差就是了……

咲太將闔上的漫畫放在一旁，看向手機。一如預料，通訊軟體是開著的。正在通訊的對方姓名顯示郁實的名字拼音「Akagi Ikumi」。

——機票的事，謝謝妳。梓川上

咲太輸入訊息送出。

立刻被「已讀」。

——不用客氣

收到這個一板一眼的回應。

很像郁實的作風。咲太覺得滿有趣的，不禁笑了出來。

「手機，謝啦。」

咲太知會一聲，將手機扔給拓海。拓海驚呼一聲卻輕鬆接住。

「我說啊，梓川……」

「嗯～～？」

「櫻島小姐知道赤城同學也一起來嗎？」

「進來這裡之前，我打電話跟她說了。」

「你怎麼說的？」

「說赤城不知為何也一起來了。」

「然後她怎麼說？」

「她說『是喔～～』這樣。」

聽到咲太的回應，拓海半張著嘴愣住。

「這樣不是超生氣的嗎？」

拓海嘴角抽搐般笑著問。

「沒問題，這筆帳全部算在你頭上。」

「那我不就很有問題？」

「這是事實，也沒辦法。」

「唉，我想也是。」

拓海死心般躺在椅子上。

對話在此時一度中斷。

「……」

「……」

沉默降臨在兩人之間。

咲太沒將手伸向漫畫，拓海也沒將視線投向手機。

只像在等待什麼，不發一語。

經過約一分鐘的長長停頓，拓海再度搭話。

「那個，梓川……」

「什麼事？」

「現在這樣下去，你認為寧寧會怎麼樣？」

看來拓海為了問這個問題，需要好一段時間的沉默。

「現在她的心中已經沒有岩見澤寧寧。如果我們兩人都忘記，或許會真的變成不存在。」

雖然還有另一人——美織也認知得到她，但咲太沒有特別告訴拓海。

「你認為我該怎麼做？」

詢問的語氣和一開始相同。

認真卻不嚴肅。

「福山，只有你的『愛的力量』能拯救她。」

「忘記她將近一年的我有資格談論『愛』嗎？」

「如果你沒有，大概任何人都沒有。振作一點吧。」

咲太看著前方，向身旁的拓海說出該說的話。

拓海吃驚般停頓了一瞬間。

「啊哈哈，好久沒被訓話了。」

但他立刻笑出聲。

「快點取回你的女友，好好被訓話到死吧。」

「寧寧生起氣來很恐怖的。」

和說出的話相反，拓海的表情有一股暖意。想念女友的暖意……

拓海與寧寧，兩人曾經共度的時間造就了這份溫暖。

「表白的時候也是，她在回應之前先罵我『好慢』。」

「大學落榜的時候呢？」

「應屆時她哭著說『為什麼』，第二次就溫柔地對我說『不用勉強沒關係』。」

那次很不好受——拓海笑著說。

「第三次終於考上的時候呢？」

「她說『太好了』一直掉眼淚。感覺真的是放心了。」

「……」

「現在回想起來，寧寧應該從那時候就背負各種東西在苦惱吧。」

「……」

「她在家鄉真的是名人喔，偶爾會被找去東京從事模特兒的工作。我們身邊只有寧寧是這樣的人……所以連附近高中的人都知道她的名字，也有人特地從別校跑來看她……不過梓川，這種事聽在你耳裡或許算不了什麼吧。」

拓海的苦笑暗示麻衣的存在。以「名人」這個範疇來說，存在感勝過麻衣的人確實不多。因為她不只是街坊名人，還在全國享有知名度……

「但是前往東京之後，工作好像沒有想像的增加那麼多……寧寧也很少提這方面的事。」

「她在校花選拔賽獲得冠軍吧？」

「所以當時她難得很開心喔，唱歌這項專長也成為話題。因為唱歌可以獲得迴響，她開始拍攝這樣的影片，可以獲得認同，可以讓大家看得開心。被說像霧島透子，被說像本尊，哎，寧寧也像是樂在其中的樣子。」

「這是她想做的事情嗎？」

「就我所知，她的目標是成為東京電視台的播報員，所以在像是入行門票的校花選拔賽奪冠

才會那麼開心。不過我在ＫＴＶ就知道她的歌喉很好。」

「所以如今她自稱是霧島透子，她自己也這麼相信嗎？」

「或許在各方面都出了差錯吧。」

「只是出了一點小差錯吧？包括她還有你。所以現在還來得及補救。」

「……」

拓海默默看過來。

咲太對此沒有回應。

「或許吧。」

拓海輕聲接受。

「就是這樣喔。」

咲太看著前方點頭。

「我說梓川……」

拓海將視線移回正前方，向咲太搭話。

「嗯？」

「我喜歡寧寧。」

還以為他要說什麼，居然是唐突的表白。不，對拓海來說或許並不唐突。應該是在述說她的往事時，這份情感在內心逐漸膨脹，回想起了許許多多回憶……

「我喜歡寧寧。」

拓海又說了一次。

「這句話你明天跟她本人說吧。」

咲太從休閒椅起身，準備走出紓壓室。

「你要去哪裡？」

「廁所。」

「慢走。」

「福山，你去睡一下為明天做準備吧。」

「你認為我睡得著嗎？」

拓海露出苦笑，咲太沒回應他，獨自離開紓壓室。

依照宣言上完廁所後，咲太沒回拓海那裡，而是前往溫泉設施的下方樓層。樓下是溫泉區，再往下是大廳與餐廳。

已經過了營業時間的餐廳只有免費飲料吧附近有開燈，其他地方有點陰暗。

為了解渴，咲太在飲料吧泡了一杯熱烘焙茶。

此時，背後有人呼喚他。
「梓川同學？」
轉身一看，架高的榻榻米座位邊緣坐著一名穿浴衣的女性。
是郁實。
她手上拿著茶杯，應該和咲太一樣是為了飲料吧而來。
咲太隔一段距離坐在她旁邊。
「謝謝妳幫忙訂回程的機票。」
「你剛才謝過了。」
「有妳在真的幫了大忙。」
「這倒是沒說過。」
郁實情緒幾乎不為所動，將茶杯送到嘴邊。
「機場有這種地方，也是妳事先調查的吧？」
說可以在溫泉設施消磨時間的人是郁實。從羽田出發之前，建議「抵達時間很晚，先在這邊準備必要的換穿衣物比較好」的人也是郁實。
「這是因為……我也會很困擾。」
「不過，妳幫了大忙。」

「嗯。」

郁實坐立不安似的再度喝起烘焙茶。明明會主動助人，卻還是一樣禁不起被人道謝。

「……」

「……」

沒有其他人的深夜餐廳，兩人如果不說話就聽不到任何聲音，只剩下空調的運轉聲。

「我說赤城……」

「什麼事？」

「聽過福山女友的事，妳有什麼想法？」

將這個疑問說出口很簡單，化為言語很簡單。

然而要正確回答就很難。應該是非常困難的問題。

即使如此，一反咲太的預料，郁實沒有思考也沒露出為難的表情，就像從一開始就知道答案似的自然地開口。

「我認為這是常有的事。」

郁實的側臉沒有困惑，也沒有猶豫，聲音一如往常沉穩。

「是嗎？」

她的態度太過沒有迷惘，咲太像要蓋過內心的疑問如此反問。

只聽郁實這句話，不懂她話中真正的含意。

「梓川同學你沒有嗎？找不到自我或是迷失自我的經驗。」

反過來被這麼一問，咲太露出苦笑。因為這次真的清楚理解郁實所說的意思了……

「我有喔。各方面不順利，只是被周圍的事件帶著走……回過神的時候，已經逃進另一個可能性的世界。」

「我也有喔。曾經有。曾經迷失自我。」

這就是所謂的茅塞頓開吧。多虧郁實，一直無法掌握真面目的「岩見澤寧寧」這個人，咲太忽然覺得自己明白了，甚至覺得親切。

「以福山女友的狀況，隨波逐流的終點是『霧島透子』是吧。」

來到東京之後，人生變得不順利，像是以往的自己被否定，進而連「櫻島麻衣」都出現在面前。對此感到苦惱，掙扎、抵抗……即使如此還是沒能改變什麼，因而迷失自我，變得不知道自己是什麼樣的人。

失去一切的她以某句話為依靠。

「被人們說可能是真正的霧島透子，對迷失自我的她來說，或許有著重大的意義。」

「我還記得在我讀幼稚園的時候，朋友的母親對我說『郁實是個好孩子』。」

「……」

「我感到很開心，想再次被稱讚而努力當個『好孩子』。」

「很像是妳會經歷的往事。」

「不過多虧這樣，我升上國中的時候，大家都笑我正經過頭了。」

「當時是這樣沒錯。」

「你不記得了吧？」

「記得喔。」

「真的？」

「正確來說是回想起來了。妳擦黑板比任何人都乾淨吧？板擦也清得像全新的一樣。連吸進粉筆灰的板擦清潔機都打掃乾淨的人，我只知道妳一個。」

「都是黑板的話題。」

郁實的聲音傻眼般帶著笑意。不是在笑咲太，是在懷念過去的自己。

「不過，我認為這是自己的作風，當時並不覺得活得很辛苦。」

「起因就是短短的那句『是個好孩子』嗎？」

「嗯。」

「對岩見澤寧寧來說，被說『好像霧島透子』或許成為契機，讓她找回迷失的自我。」

至少成了一絲希望。

誤以為這是人生的路標。

「梓川同學，你沒有這種經驗嗎？」

「某人對我說『你可以變得溫柔』之後，我就覺得自己做得到了。」

「你現在也相信這句話吧。」

「這麼想就覺得真的如妳所說。」

「嗯？」

「這是很平凡常見的事。」

因為唱了「霧島透子」的歌，寧寧終於得以受到注目。這是她一直尋求的自己，一直期望的自己。是自己一直想要成為的模樣。

理想的自己就在那裡。

舒適的場所就在那裡。

對寧寧來說，這就是「霧島透子」。如此而已。比起「岩見澤寧寧」這個身分，成為受到注目的某人更重要。

「我重新覺得有妳在真是太好了。」

咲太放下空茶杯，仰躺在榻榻米上。溫泉設施的挑高天花板俯視著他。

「要睡的話回樓上比較好。」

「說得也是。」

咲太回應的時候已經閉上雙眼。

## 2

隔天早上，新千歲機場下了遠超過氣象預報所預測的大雪。

醒來第一次看向戶外的時候，甚至懷疑飛機可能停飛。

「這種程度沒問題的。可能會稍微延誤就是了。」

咲太與郁實懷著絕望的心情看著戶外時，出身北海道早就習慣雪的拓海開朗地這麼說。

雖然跑道除雪花了一些時間，但正如拓海的預言，飛機延誤一小時出發。

咲太他們在上午八點半從新千歲機場起飛。

約一小時半的飛行結束之後，在上午十點多抵達羽田機場。

被巴士載到入境大廳，快步穿過京急線驗票閘口的時候，已經超過十點半。

三人搭乘開往橫濱方向的快速電車，並肩坐下。

下車地點是三人熟悉的車站，大學所在的金澤八景站。

在站前圓環攔下計程車，告知司機寧寧居住的公寓地址。

從金澤八景站徒步約十分鐘的距離。

所以計程車不到五分鐘就帶咲太他們抵達了目的地。

車窗外看得見岩見澤寧寧居住的三層樓公寓。

對咲太來說，上次來是昨天的事。

「你們兩個先走，我來付錢。」

聽了郁實這句話，咲太與拓海打開車門匆忙衝下車。

跑上公寓的階梯。

目標是二樓。

房間是２０１號室。

跑到門前的咲太順勢按下對講機。

屋內響起呼叫的鈴聲。

然而即使等待也沒有反應。

沒有任何人應門。

門後甚至感覺不到人的氣息。

「梓川，你讓開。」

將手伸進口袋的拓海以肩膀頂開咲太。咲太將門口的空間讓給拓海後，看到他手裡握著細長的銀色金屬。兩把鑰匙串在一個鑰匙圈。拓海順利將其中一把鑰匙插入鑰匙孔。

「原來你有備用鑰匙？」

「那當然，我是她男友。」

「我好羨慕。」

「現在是說這個的時候嗎？」

拓海開鎖之後打開門。

「寧寧，是我。我可以進去吧～～？」

姑且知會一聲後，拓海走進寧寧的住處。

咲太也跟上。

看過的玄關地墊迎接兩人。

然而果然沒有任何人的氣息。

沒有聲音。

燈也沒有開。

「寧寧？不在嗎～～？」

拓海一邊呼喚一邊打開廚房通往房間的門。

「啊？咦？」

這一瞬間，咲太聽到慌張至極的驚叫聲。

拓海就這麼開著門愣在房間入口，帶著難以置信的表情觀察室內。

房內染成聖誕色彩的裝飾令他大受震懾。

咲太第一次看見的時候也嚇了一跳。

但是現在時間寶貴。

「她本人也打扮成迷你裙聖誕女郎的模樣，見到她別嚇到啊。」

咲太事先說明重要的事。

「這方面我很期待。」

「就是這股志氣。」

和拓海如此交談的同時，咲太觀察房間的狀況。放在一旁的折疊桌上有一間完成的積木小木屋。那是咲太之前組裝到一半的小木屋。

「我上次來的時候，當然不是這種房間。」

拓海拿起放在桌上的小聖誕樹。

「獎盃也是擺在這裡展示。」

拓海將校花選拔賽的獎盃放在最好的特別座。這個時候，他的大衣袖口碰到沒闔上的筆電。

螢幕稍微晃動，筆電從休眠模式醒來。風扇發出小小的聲音開始運轉，畫面變亮了。

「梓川，這個……」

拓海指向筆電的螢幕。

映在上面的是藤澤市官方經營的社群網站，記載著今天「櫻島麻衣」擔任一日警察局長的相關資訊。

舉辦場所是辻堂某間購物中心的戶外活動會場，以前甜蜜子彈舉辦演唱會的地方。日期是今天，下午兩點開始。

「正如雙葉所說嗎？」

「寧寧那傢伙，該不會真的打算對櫻島小姐做什麼吧？」

「就是不知道才要找她。」

「那就只能在活動會場監視了吧？」

可以的話想在這裡逮住她，這也無可奈何。

如果飛機沒延誤就好了……思考這件事的咲太走向玄關準備離開。不經意看向廚房的流理台，瀝水籃裡放著馬克杯，還有點溼。

咲太自然看向爐子旁邊的快煮壺。

打開壺蓋。

剩下的少許熱水冒著蒸氣。

「這是……」

咲太不禁轉頭和拓海相視。

「或許還在這附近。」

聽到咲太這麼說，拓海回應「嗯」用力點頭。

「既然要去辻堂，她應該會去車站吧？」

拓海這麼問了。

「上次去元町的時候是租車，可能會去那裡。」

「站前的共享汽車服務嗎？」

拓海似乎也有頭緒了。

「確實，寧寧的話可能會開車！」

兩人穿上鞋子匆忙離開房間。

跑下階梯之後，察覺兩人的郁實以視線詢問「怎麼樣」，但咲太眼睛看著剛才他們所搭乘，正在馬路前方等紅燈的計程車。

「請再讓我們搭一次！」

咲太揮動雙手追車。

綠燈亮了。

計程車打了方向燈，停在原地等他們。

## 3

向郁實簡單說明之後，咲太再度坐進計程車。

「請開到站前的立體停車場。」

他向駕駛大叔這麼說。

起步的計程車沿著原路返回，經過車站前方。

「您說的立體停車場是那個嗎？」

大叔詢問後方的咲太，指向前方五到六層樓高的建築物。

「是的。請停在那裡前面。」

駕駛大叔依照咲太的指示慢慢停車。

「赤城，我之後會付，拜託妳了。」

「我知道。」

郁實回應的時候，咲太已經和拓海下車。兩人一起跑進立體停車場，按下電梯按鍵搭乘。

電梯朝著樓頂逐漸上升。

「去元町的那一天是我生日對吧？」

「她要我陪她去買禮物。」

「我好嫉妒。」

「下次你自己去吧。」

「說得也是。」

拓海下定某種決心般低語。緊接著響起電梯抵達的鈴聲。

走出電梯看見的是樓頂的停車區。

排列著四到五輛提供共享服務的汽車。

其中一輛的車燈只在瞬間亮起。

似曾相識的小型車，跟寧寧那天租的車子同款。

引擎發動，車子從車位慢慢起步。

看得見駕駛座上有穿著迷你裙聖誕服的岩見澤寧寧的身影。

「找到了！」

然而車子已經開始駛離停車場。

晚了一步，沒能趕上。

消極的話語掠過腦海的瞬間，拓海從咲太身旁一口氣往前衝。

「寧寧！」

拓海一邊叫她的名字，一邊追著正要下樓的車子。

「寧寧！」

不停呼喚，追著緩速前進的車子……終於超越了。

「等一下，寧寧！」

拓海衝到沒停下的車子前方。

張開雙手擋住去路。

再怎麼說也太魯莽了。

「笨蛋，福山！」

咲太驚覺危險的時候已經大喊出聲。

做好車子會撞上的心理準備，稍微移開視線。

同一時間，車子的煞車燈亮起紅光。

即將撞上的瞬間……車子在剩下幾公分的距離停下。

咲太嚇出一身冷汗。真希望拓海別這樣。

拓海無從得知咲太這種心境，依然張開雙手擋在車子前面。

「寧寧，拜託聽我說。」

他朝著駕駛座投以像在道歉的聲音。

此時，車門慢慢開啟。

首先看見迷你裙聖誕女郎的靴子；看見腳了；看見膝蓋了。拓海的視線追著她的動作。

接著，穿著紅白服裝的身體全部映入眼簾。拓海的視線也追著這些動作，應該是看得見她才做出的反應。

寧寧定睛觀察拓海的模樣。

車門砰一聲關上。

咲太經過車子旁邊走到拓海那裡，寧寧露出「又是你？」的不耐煩視線。

然而這只有短短一瞬間。

寧寧的視線立刻移回拓海身上。

「嚇一跳，原來你也看得見我。」

「不是『你』，是我啊！我是拓海！」

「誰？」

寧寧的表情毫無動搖。

那態度使得拓海臉頰僵硬，眼神吃驚又困惑。狀況正如咲太事前所說。拓海應該已經做好心理準備，然而真正目睹之後，內心還是很難熬，受到一股衝擊。或許她記得我——拓海腦中肯定多少有這種天真的想法，懷抱著這種期待。然而遭到背叛了。

「……妳真的不認識我啊。」

拓海看著寧寧的眼神感覺好寂寞。

「你的朋友在說什麼？」

寧寧求助般側眼看向咲太。

「他是福山拓海，岩見澤寧寧的男友。」

「但我完全聽不懂你們在說什麼。何況我不認識他。」

她的眼睛看著拓海。

「而且我說過好幾次了，你說的岩見澤寧寧是誰？我是霧島透子。」

態度與話語都沒有可乘之機。

她本人說「不對」、「不知道」的事情，到底要怎麼讓她接受？

這對咲太來說也是第一次碰到的案例，想不到任何能對拓海或寧寧說的話。

在這樣的狀況中，首先開口的是拓海。

「……我知道了。」

拓海擠出這句話。他究竟知道了什麼？

「既然寧寧這麼說，那就應該是這樣吧。我相信妳。」

拓海將微微低著的頭抬起來，筆直看向寧寧的眼睛。沒有逃避，好好面對不肯將拓海認知為拓海的寧寧的雙眼。

「……」

拓海出乎意料的態度使得寧寧看起來頗為困惑。

「一下子就好，可以給我時間嗎？」

拓海以一如往常的調調搭話。

「我沒什麼時間耶。」

即使如此，寧寧也沒說「不可以」。

「謝謝。」

解釋為「可以」的拓海輕聲道謝，然後觸摸脖子上的圍巾的尾端。

「這條圍巾是寧寧送我的，在我們交往之後的第一次生日。」

「可是很破舊了啊。」

「因為今年是第五次的冬天了。」

「這麼珍惜啊。」

對話是成立的，然而溫度差很多。相對於投入情感述說的拓海，寧寧的反應始終平淡。

「對我來說，這是寧寧給我的寶物。總覺得像護身符一樣，所以捨不得放手，考大學的時候也圍著。」

「有加持嗎？」

「應屆那一年落榜了，重考一年挑戰的第二次也落榜了。」

拓海以苦澀的笑容述說這段苦澀的回憶。

「然後寧寧說這東西觸霉頭還是扔掉算了。那是我們交往以後第一次大吵一架。」

「是喔。」

「話說，聊回憶妳果然也不知道啊。」

「畢竟那是在講你女友啊。」

注視著拓海的寧寧表情不為所動，情緒不為所動。

「來這裡考大學的那幾天，我住在寧寧家這件事也不知道？」

「不知道。」

「早上起床發現寧寧擅自把圍巾扔進垃圾桶這件事也不知道？」

「不知道。」

「我從垃圾桶拉出圍巾之後又吵了架這件事也不知道？」

「不知道。」

無論說多少次，無論說什麼事，寧寧都像語音訊息般毫無動搖，重複相同的話語。不知道。不知道。不知道。無論是臉頰還是眉毛，都沒有顯現岩見澤寧寧的情緒。她的內心沒有岩見澤寧寧。咲太痛切地感受到這一點。拓海恐怕感受最強烈，即使如此，他還是沒放棄繼續向她訴說。

「第三次應考的時候，我瞞著寧寧圍著圍巾去考試，這妳也不知道吧。」

「結果呢？」

「考上了。」

「恭喜。」

在咲太至今聽過的祝福之中，這是最不令人感動的一句。

拓海嘴角扭曲，對身處這種狀況的自己失笑。

「我聽梓川說了。」

「說什麼？」

「妳為我買了新的圍巾。」

「我不知道。」

「專程來到機場要送我，我卻沒察覺，抱歉。」

「……」

「所以妳就算不認識我也沒關係。畢竟我忘記寧寧快要一年那麼久了，我覺得自己被忘記也是理所當然的。」

「……」

「但是我再也不會忘了。在寧寧認得我之前，我不會放棄，無論要花多少年。」

「所以呢？」

對於筆直注視著她的拓海，寧寧回以這個疑問。

從一開始就完全沒變過，毫無動搖的表情。

「咦？」

拓海會忍不住出聲反問的這種心情，咲太也可以理解。

「你從剛才說到現在是在說什麼？」

寧寧嫌無聊似的確認手機。

「不好意思，我得走了。」

她轉向車子。

「我說的事情很簡單。」

寧寧無視想叫住她的拓海，將手放在車門。

「我福山拓海喜歡岩見澤寧寧。就是這麼回事。」

打開車門的時候，寧寧的動作停止了。

「都忘了將近一年那麼久，所以我已經被寧寧甩了吧？既然這樣，請再次和我交往。」

「……」

寧寧沒有回應。

就這樣維持抓著車門的姿勢僵住。

「如果我還沒被甩，今後願意繼續和我交往嗎？」

「……」

最初的反應是沉默。

「……」

接著，她默默看向拓海。

嘴脣微微動了。

「為什麼……」

快要消失的呢喃。

「為什麼……」

第二次是清楚一點的聲音，但還是很小聲。

「因為我喜歡寧寧。」

拓海以緩慢、平靜又溫暖的語氣將心意化為言語，說話方式就像在親自確認自身這份心意。

「不要說這種謊……」

寧寧低頭發出的聲音聽起來像在顫抖。

「我沒有說謊。」

「不可能嘛……！」

這次肯定在顫抖，包括聲音、肩膀……大概也包括內心。

「是真的！」

拓海拚命堅持。

「我丟臉丟成這樣！你說得出喜歡我哪裡嗎？」

突然從寧寧口中吐露的是激烈的情緒。

深深的悲嘆響遍樓頂。

彷彿內心深處被緊緊揪住的慟哭。

「充滿自信來到東京！可是工作完全沒增加！就只是有加入經紀公司的掛名模特兒！」

「……」

直接承受寧寧宣洩的這份情緒，拓海依舊說不出話。

咲太也一樣。

感覺就像籠罩寧寧的黯淡空氣從頭頂重壓下來。

和剛才的寧寧判若兩人。

雖然是同一張臉，迷你裙聖誕女郎卻露出了沒看過的表情。

「我原本以為自己做得到！以為自己可以成為理想中的某人……！可是你自己看吧，結果卻是這副模樣。我這種喪家狗，頂多只能成為霧島透子的冒牌貨……！」

「……寧寧，是妳吧？」

拓海終於喊出這個名字。

「寧寧！」

喊第二次之後，寧寧微笑著抬起頭。

「笑我吧……嘲笑沒能成為任何人的我！」

「我怎麼可能笑啊！」

拓海的聲音有著動真格的怒氣。當然不是在對寧寧生氣，是對無能為力的自己以及將寧寧逼到這種絕境的事物感到煩躁。

「……別再理我了。」

「嘲笑寧寧的那些傢伙才好笑。對吧？」

「對不起，拓海。岩見澤寧寧什麼都沒有，我唯一能做的是成為霧島透子。」

「我喜歡的是寧寧，認真做自己的寧寧！」

「認真做自己的我是什麼？」

「……」

突如其來的這個問題使得拓海瞬間遲疑。

「如果我知道自己有那種優秀的特質，就不會這麼辛苦了！」

「可是！」

拓海只憑著情感試著堅持下去。

寧寧瞪向這樣的拓海。

「就算這樣，我還是希望自己比別人得天獨厚！就算再怎麼丟臉，也希望成為自己理想中的某人！」

她丟下這段話。

「……」

這次拓海真的語塞了。

沉重，無比沉重的沉默。

不過，這股沉默沒有持續太久。

因為咲太插嘴了。

「妳明明很清楚啊。」

「……」

寧寧犀利的視線捕捉到咲太。

「妳明明很了解自己啊。」

「……」

「妳現在說的就是岩見澤寧寧小姐的特質。如果想成為什麼人，今後妳就自己努力，要成為播報員還是誰都行。」

「你想說的就這些？」

冰冷的眼眸看著咲太。

「不，還有。」

「……」

寧寧皺起眉頭，眼神在說「真虧你在這種氣氛下還說得出這種話」。咲太假裝沒發現，繼續說下去。

「妳剛才說『自己什麼都沒有』，那是妳自以為是吧？」

對於咲太這段話，一旁的拓海似乎也感到困惑。

「……你想說什麼？」

寧寧露骨地發洩不耐煩的情緒。

要是被批判自以為是，人們大多會變成這樣。

「岩見澤小姐，妳不是有福山嗎？」

咲太看著寧寧的眼睛訴說。

「不是有非常重視妳，妳也非常重視的人嗎？」

咲太直到最後都沒有移開視線。

寧寧也沒有移開視線。

「……」

沒有否定咲太說的話，也沒有怨言，就只是靜靜聆聽。

「這種人不能形容為喪家狗吧？因為妳被人所愛。」

「……你想說的都說完了？」

「是的。」

咲太斷然回答後，寧寧稍微低下頭，肩膀顫抖。並不是在強忍怒火，而是強忍湧上心頭的笑意。但最後忍不住了，寧寧放聲發笑。

「你長這張臉說這種話？被人所愛？」

寧寧拍手捧腹笑個不停。看來戳到奇怪的笑點了。

面對這幅光景，拓海露出為難般的乾笑。

「老實說，被你這麼說很令人不爽。」

終於停止大笑的寧寧對咲太嗤之以鼻。

「確實，被梓川這麼說會很不爽。」

拓海一臉不痛快的表情。

「不過，也是。如果可以抱持這種想法，人生或許會快樂一點。」

並沒有說給誰聽，寧寧像是面對自己的心境，靜靜呢喃。

「所以，我現在就先拿拓海將就一下吧。」

這句話也幾乎是自言自語。

不過咲太聽到了。

當然也傳入拓海的耳中。

「太好了～」

拓海打從心底安心般當場蹲下。

「好了，站起來吧。」

寧寧走到拓海面前伸出雙手。拓海將手放上去，寧寧隨即拉他起身。

「順利成功了？」

咲太回神一看，發現郁實站在身旁。

「赤城，妳也看得見嗎？」

「看得見喔。面帶笑容的迷你裙聖誕女郎。」

「那麼，這件事算是告一段落了吧。」

這句話令咲太安心得超乎想像。這麼一來，麻衣應該迴避危險了。自己為此特地前往北海道的辛苦獲得回報，可喜可賀。

如此心想也只在一瞬間。

「等一下。」

寧寧露出嚴肅的表情轉過來。

「事情八成還沒結束。」

「這是什麼意思？」

自稱霧島透子的岩見澤寧寧的問題就在剛才解決了。

除此之外還有什麼問題嗎？

「不是一個人喔。」

「咦？」

「霧島透子除了我還有別人。」

寧寧說出預料之外的話語。

字面上的意思可以理解。

然而，無法立刻理解寧寧說了什麼。內心不接受。

即使如此，咲太的思考也毫無迷惘。

還有霧島透子。

這意味著麻衣現在也仍暴露在危險之中。

如此理解的時候，咲太已經跑向電梯。

「梓川，你突然怎麼了？」

拓海在後方大喊。

「抱歉，我有急事！」

咲太頭也不回地回應。

「你要去哪裡？」

「麻衣小姐那裡！」

「那就上車吧！送你過去！」

咲太停下腳步。

轉身向後，看得見寧寧坐在駕駛座，拓海半邊身體坐進副駕駛座。

「感謝！」

咲太立刻掉頭回去打開後座車門。

「赤城妳也來吧。」

咲太向車子另一邊在猶豫的郁實這麼說並上車。郁實也隨後上車。車門幾乎在同一時間關上。繫好安全帶的時候，車子已經起步。

「去辻堂就好吧？」

「對。」

導航已經開始指引路線前往目的地。

## 4

車子即將抵達藤澤站的下一站——辻堂站前方時，感覺到車外有許多人的氣息。

「真是了不起，人氣超高。」

手握方向盤的寧寧自嘲般一笑。

「勉強趕上了嗎？」

輕聲這麼說的人是拓海。

車內的時鐘顯示下午一點五十五分。

「我和拓海去找停車場，你們在這裡下車。」

寧寧暫時將車子停在公車站的公車彎。

「謝謝。」

咲太道謝之後和郁實先下車。

要前往的購物中心在馬路對面，首先必須過馬路。

附近沒有行人穿越道。車流量太大無法強行穿越，所以咲太毫不猶豫地跑上車站連接購物中心的人行天橋的階梯。不只盡到陸橋的職責，也是能走到購物中心二樓入口的連通道，是非常便利的人行天橋。

許多人從車站的驗票閘口走過來。全家福、情侶、女高中生雙人組……客層各式各樣，其中也聽得到「聽說今天櫻島麻衣會來」的聲音。

咲太鑽過人群縫隙趕路，郁實也緊跟在後。

「一日警察局長」的活動好像已經開始，距離會場愈近，就愈清楚聽到透過音箱傳來的女性廣播聲。

「請和周圍的人們相互禮讓觀賞本活動。此外，現場請勿拍照攝影。巡邏的警員發現會上前

勸導。」

不愧是警方活動的廣播，負責戒備的是真正的警察。這麼安全的活動應該沒得找吧。

如此心想時，咲太與郁實已經穿越馬路來到車站北門。購物中心的大型建築物迎接兩人。

通往建築物入口的人行天橋上站著許多人。

天橋的邊緣……欄杆旁邊密密麻麻排滿了人。

大家都探出上半身看著下方。

眾人的目標是購物中心與圓環之間的平凡廣場上設置的活動舞臺。舞臺前方聚集了許多人，不只數百，應該有一千人吧。加上天橋上的觀眾，人數可能加倍。

「真是了不起的人氣。」

從人群縫隙俯視下方的郁實輕聲說了。

她的聲音傳入咲太耳中。但是在這個時候，咲太沒能反應。

咲太被舞臺前方的人群奪走目光，吸走注意力。

因為他看見難以置信的光景。

在人群之中，到處都看得見戴著紅色帽子的人。

不是五人或六人，也不是十人或二十人，是更多人。

「這是……什麼？」

情緒直接化為言語。

「梓川同學？還好嗎？」

大概是感覺不對勁，郁實碰觸咲太的肩膀。

「赤城妳看不見嗎？」

「看不見什麼？」

「舞臺前面有很多聖誕老人啊。」

「咦？哪裡？」

這種反應與發言正是她看不見的證據。

「那裡也有，那裡也有，那邊也有，還有那邊也有。」

一臉理所當然地站在一般觀眾之中。舞臺最前排有五到六人，後方的人群裡又有五到六人，再往後又有十人……

抬頭一看，人行天橋上也零星可見身穿聖誕服的年輕人。有男性也有女性，年齡大多是二十歲前後吧。

他們並沒有採取特別奇怪的行動。

就只是定睛看著舞臺的方向。

好奇地觀看。

這著實是異樣的光景，是異常的光景。

「有那麼多嗎？」

正確人數不得而知。

「應該至少有一百人。」

「……」

郁實吃驚地睜大雙眼。

她重新環視周圍，卻因為自己看不見而感到困惑。

「難道說，他們所有人都是……？」

郁實驚訝的聲音和廣播聲重疊。

「抱歉讓大家久等了。我們收到即將進場的通知。」

站在臺上主持的女性警員如此告知。會場的期待高漲。

「啊，來了。」

她看著從舞臺看下去右手邊的圓環。在黑頭車的帶領之下，一輛警車開進會場，靠岸般在廣場上停車。

一名男性警員跑過去，打開警車的後車門。

下車的是身穿制服的女性警官……戴著「一日警察局長」值星帶的「櫻島麻衣」。

自然而然響起熱烈的掌聲。

麻衣露出笑容，跟著帶路的警員上臺。

「我想應該不必為各位介紹了。這位是今天擔任一日警察局長的演員櫻島麻衣小姐。」

聚集的人們以更加熱烈的掌聲歡迎麻衣，聖誕老人們也和一般觀眾一樣拍手。果然看不出奇怪的行動，這樣反而恐怖。咲太的焦急有增無減。不知道會發生什麼事，也不知道能做什麼事。對手是上百名聖誕老人。

口腔逐漸乾燥，喉嚨逐漸乾渴。

「那麼，方便請『櫻島局長』向大家說幾句話嗎？」

「好的！」

以美麗的聲音回應的麻衣走到舞臺中央，站在架好的麥克風前面，稍微做個深呼吸後開始致詞。

「我是本次為了再度宣導交通安全，有幸擔任一日警察局長的櫻島麻衣。」

麻衣一開口，聚集的人們就安靜聆聽，聖誕老人們也乖乖聽她致詞。

「去年我自己也考到駕照，因而強烈感受到每個人對於道路交通的安全意識，以及防止事故發生的重要性。」

「去下面吧。」

咲太輕聲對郁實說完，就前去搭電扶梯往下。無論會發生什麼事，待在這裡都無能為力。咲太認為必須待在麻衣身旁，否則無法保護她。

「交通規則當然非常重要，在日常生活中卻很容易忘記。趁著今天這個機會，如果能讓各位重新審視交通規則的重要性，將是我無比的榮幸。」

咲太搭乘舞臺後方的電扶梯，從人行天橋下到一樓。

在這個時候，眼前的景象已經變得不容坐視。

因為聚集的觀眾正在慢慢往前擠，想更近距離欣賞麻衣的風采。因為對看不見聖誕老人的人們來說，這些地方看起來就像空隙。「往前擠啦」、「擠一下啦」，人們不斷想從後方向前。擠滿一般觀眾與聖誕老人的舞臺前方像是隨時會潰堤。最前排的聖誕老人被後面的人推擠，將金屬製柵欄推往舞臺方向。

然而即使如此，站在舞臺正前方警備的警員還是沒察覺異狀。

柵欄摩擦地面發出尖銳聲響，逐漸朝舞臺方向偏移。

終於察覺狀況的一名警員像在要求「停止」，將手掌朝向觀眾。完全沒有緊張感。這也在所難免。如果看不到聖誕老人，觀眾之間就還有空隙，沒有任何會感受到危機的要素。然而映在咲太眼中的景象已經不容片刻猶豫。

「此外，努力打造沒有事故的社會也很重要，但若不幸遭遇事故，我也希望可以和各位一起

思考關於將器官捐贈給其他需要幫助的人的這個選擇。」

即將潰堤。無法想像除此之外的未來。

「我的致詞就到這裡，謝謝各位。」

掌聲響起。

觀眾的這個行動成為演變成最糟事態的信號。

「住手，別推啦！」

某人以急迫的聲音大喊。

緊接著響起「喀鏘」的巨大聲響，隔開舞臺與觀眾的柵欄倒下了。一般觀眾朝著舞臺方向溢出，聖誕老人們也溢出了。人數合計三十到四十人。被推擠的力道停不下來，人們紛紛摔倒或是踉蹌，雪崩般湧向舞臺。

「麻衣小姐！」

咲太在大喊的同時跑向舞臺。

和麻衣四目相對。

疑問與不安的表情。

被推擠的聖誕老人打滾般撞上舞臺旁設置的大型音箱。

音箱隨著這股力道朝麻衣的方向倒下。

咲太也不知道自己喊了什麼。

他一邊喊著某些話一邊拚盡全力奔跑，衝到麻衣前方。

以雙手承接迅速倒下的大型音箱。

沒能完全接住，音箱挾著剩餘的力道直接命中頭部。

「咲太！」

響起「喀鏘」的巨大聲響。

咲太沒能立刻知道自己變成什麼樣子。

睜開眼睛首先看見的，是陪睡般倒下的音箱。

音箱後方是許多一臉吃驚的一般觀眾，張著嘴愣在原地，還有許多聖誕老人同樣站著不動。

腦袋無法好好運轉。

所以咲太並沒有經過思考。

不過，他若無其事地站了起來。

「我沒事。各位，請你們冷靜。」

他朝著聚集的一般觀眾這麼說。

「我沒事。」

朝著聚集的聖誕老人們這麼說。

會場就這樣鴉雀無聲。

大家看著咲太。

聖誕老人們也看著咲太。

所有人帶著像是隨時會尖叫的表情看著咲太。

緊接著，咲太身體的知覺逐漸回復。

有種半張臉不知為何溼答答的不快感。

咲太抱著疑問伸手一擦，發現手掌染成鮮紅色。

「咲太，不要動。」

傳來麻衣擔心的聲音。

咲太轉頭要回應「我沒事」的時候，突然感到一陣暈眩。腦袋昏沉沉的，視野在搖晃。自覺這一點的時候，咲太已經一屁股跌坐在地。

甚至無法坐好，就這樣逐漸倒向堅硬冰冷的地上。

然而咲太沒有感覺到地面的堅硬與冰冷。

某個柔軟的物體輕盈地抱住了咲太。

麻衣在咲太倒下之前抱住了他。

大概是因而感到放心，咲太的意識一口氣遠離。

「麻煩叫救護車！」

麻衣充滿一日警察局長風範的凜然指示，咲太已經聽不到了。

「為什麼有這麼多聖誕老人……」

「今天是聖誕老人的活動嗎？」

「好多聖誕老人……這是怎樣？」

頓時開始喧囂的會場聲音，咲太也聽不到。

## 5

回復意識的時候，最初感覺到的是身體在晃動。

車輛行駛時的晃動。

然後聽到警笛聲。

再怎麼等待依然沒有接近，也沒有遠離的警笛聲。

咲太慢慢睜開眼睛。

看見的是小小的陌生空間。

天花板與牆壁都好近。

「看來清醒了。」

某人向某人說話的這個聲音很耳熟。

咲太躺的病床旁邊坐著理央。

「應該是腦震盪。看起來沒有大礙，不過因為傷到頭，到醫院之後最好請醫生詳細檢查。」

一邊解說症狀一邊俐落地為咲太檢查瞳孔、測量脈搏的人是男性急救員，年齡應該不到三十五歲。

看見他之後，咲太明確理解到自己正被救護車送去醫院。

「為什麼雙葉妳會在這裡？」

首先想到的是這件事。

「我昨天沒說我也會去看一日警察局長的活動嗎？」

「噢，這麼說來有聽妳說過。」

咲太後知後覺般也回想起自己被救護車送醫的原因。

「麻衣小姐呢？」

「放心，她沒事。」

如此告知的是坐在理央旁邊的郁實。

「總覺得這個組合怪怪的。」

「這樣的話，還有一個人喔。」

理央的視線朝向前方，救護車的駕駛座。

「咲太，別害我嚇出太多冷汗好嗎？」

躺著的咲太看不見，卻從聲音與說話方式認出他是誰。是高中到現在的好友國見佑真。

現在任職於消防局。

「沒想到我這麼快就受到國見照顧了。」

「不要有第二次啊。」

佑真雖然帶著笑容，但他說的這句話感覺是認真的。

「我會小心。」

「拜託喔，真的。」

一度停下的車打方向燈右轉。

「聖誕老人們怎麼樣了？」

咲太首先看向郁實，再看向理央。

「警方好像正在逐一偵訊。」

回答的人是理央。

「櫻島小姐說，她向警方問一下這方面的事之後就會到醫院。」
郁實如此補充說明。
「這樣啊。畢竟她今天是警察局長。」
「快到了，準備下車。」
佑真可靠的聲音傳來的同時，救護車抵達醫院。
咲太在醫院首先被帶進診察室縫合頭部傷口，結束之後重新確認意識。會不會頭暈想吐，手腳會不會麻——醫生逐一仔細詢問這些問題。
「似乎沒問題。」
「畢竟可以好好筆直行走。也用ＣＴ檢查腦部以防萬一吧。」
「好的，麻煩醫生了。」
「那麼，這邊請。」
在女性護理師引導之下，咲太被帶到距離診察室相當遠的醫院深處，裡面設置了像是可以進行時光旅行的機器。是ＣＴ檢查室。
在靜靜響起神祕低頻聲的房間，咲太獨自躺在冰冷的床上，依照另一個房間裡的醫生指示，靜靜等待。就這樣不知道進行了什麼，短短幾分鐘後便完成了檢查。

「在結果出來之前，請到候診室等待。」

剛才的護理師這麼說，將咲太送出檢查室。

這次是獨自沿著同一條走廊往回走。

為避免迷路，咲太一邊張望一邊走，抵達候診室之後，發現這裡的熟面孔變多了。

「喔，梓川，你還好嗎？」

首先察覺並這麼問的是拓海。

「看起來不太像是還好吧？」

旁邊寧寧的視線朝向咲太的頭，誇張地包紮的繃帶。

「之後才會知道詳細結果，不過拍ＣＴ的醫生說『應該沒問題吧』。」

據實說明剛才聽到的話以後，咲太注意到寧寧的服裝。大概是在辻堂站前面分開之後換過衣服，已經不是迷你裙聖誕女郎。

終究不能維持那副模樣在街上亂晃，因為任何人都看得見她了。

「既然人沒事，我們在這裡會礙事，回去吧。」

寧寧如此說著催促拓海。

「咦？明明才剛來耶。」

「這裡可是醫院。」

寧寧以不容分說的態度踏出腳步。

「哎，也是。先走啦，梓川，學校見。」

「好。」

咲太輕輕舉手目送拓海與寧寧離開。

兩人的身影在走廊轉角轉彎，很快就看不見了。

「我也要走了。接下來要去補習班上課。」

搭話的人是理央。

「噢，抱歉。感謝協助。對了，國見呢？」

「被叫去下一個現場，早就走掉了。」

理央只告知這些就離開了。

只剩下咲太與郁實。

「赤城妳也是，不必繼續陪著我沒關係的。」

「你一個人沒問題嗎？」

「應該沒問題吧？畢竟我妹來了。」

理央與花楓在走廊轉角巧遇。理央告訴她「在那裡」。

咲太遠遠和花楓對上視線。接著她露出有點生氣的表情，快步走到咲太身旁。

「真是的，哥哥，你在做什麼啊？」

累積不滿的嘴脣噘得好高。

「抱歉，害妳擔心了。」

咲太乖乖道歉。

「一點都沒錯，真是的。」

但是花楓的不滿沒有平息。

「總之應該沒問題，放心吧。」

「光是被送進醫院，問題就很大了。」

聽花楓說得這麼中肯，郁實背對著咲太憋笑。

大約十分鐘後，咲太被叫去診察室聽ＣＴ檢查的詳細結果。這時，郁實說「看來真的沒問題」，反過來怕讓咲太費心，便離開了。

花楓說「想一起聽」，所以她也陪同聆聽檢查結果。

「任何部位都沒有異常。」

說起來就是這麼簡單。

「可以回去了。」

醫生還這麼說。

咲太抱著有點掃興的心情走出診察室，不過走到門外就看見兩名警員在等待。

咲太知道理由。

他們是來詢問今天發生的事件。

問話的時間大約三十分鐘。

移動到設置自動販賣機與簡易沙發的休息區進行偵訊，避免妨礙其他患者或醫療人員。

不過簡單扼要來說，咲太只能說明到「觀眾突破管制線，我覺得麻衣小姐有危險，情急之下就衝出去了」這種程度……

偵訊內容包括咲太今天的行動路線、抵達活動會場的時間、是不是「櫻島麻衣」的交往對象……從不同角度詢問各種事。

一名警員不時寫下咲太的供詞，不過老實說，咲太不知道是否有哪段話會留存為筆錄。

反倒是咲太想知道那些「聖誕老人」是什麼。

所以在偵訊的最後，咲太主動詢問警員。

「那些聖誕老人是怎麼回事？」

兩人轉頭對視，露出傷腦筋的表情。

「這方面我們正在調查。感謝您受傷依然提供協助。」

兩名警員微微低頭致意後離開了。

看向窗外，天色已經變暗。休息區的時鐘即將來到下午五點半。從北海道回來是今天早上，真是漫長的一天。

「哥哥，結束了嗎？」

在不遠處等待的花楓戰戰兢兢地搭話。

雖然沒做壞事，不過哥哥被警察偵訊那麼久，身為妹妹的她似乎在擔心。

「結束了，沒有任何問題。不過，光是被警察問話就是問題了吧。」

「真的是這樣沒錯。」

「啊，找到了！咲太老師！」

此時，背後傳來一個不適合醫院，開朗的女生聲音。

熟悉的聲音。會稱呼咲太為「咲太老師」的對象有限。

「姬路同學為什麼會在這裡？」

「當然是來探望咲太老師的啊。」

「我已經要回去了……不過妳怎麼知道的？」

「我是聽朋繪學妹說的。」

紗良說著轉身看向走廊。

視線前方是看起來不太自在的朋繪。

「古賀妳為什麼會知道？」

「我是聽花楓說的。告訴姬路學妹之後，她說要在休息時間來醫院一趟。」

「原來如此。」

仔細看會發現兩人大衣底下都穿著服務生的制服。

「哥哥，要感謝朋繪小姐喔。因為我原本要打工，她臨時幫我代班。」

「反正我很閒啦。」

咲太還沒說話，朋繪就鼓起臉頰。

「那真是給妳添麻煩了。」

「老師，您不要緊嗎？」

「我不要緊。話說我才要問妳們，時間不要緊嗎？休息時間是一小時吧？」

接下來會進入晚餐時間，連鎖餐廳最忙碌的時段。兩名女服務生沒回去的話，外場會忙不過來。

「啊，慘了！姬路學妹，我們快點回去吧。」

「咦～～要走了嗎？」

「不是說只要看看臉就好嗎？」

「那是朋繪學姊說的。」

「我的意思是只有這點時間啦。學長，別誤會！」

朋繪強勢斷言之後，將賴著不走的紗良拖走。

真是可靠的身影。

咲太微笑目送這樣的兩人離開。

「那麼，我們也回家吧。」

「啊，等一下。」

察覺到某件事的花楓將手伸進大衣口袋取出手機，確認畫面之後抬頭看向咲太。

「麻衣小姐說她在車上正要過來。」

「那我在這裡等她比較好。」

「那麼我先回去了。我要回橫濱老家跟爸媽說你沒事。」

「抱歉各方面都麻煩妳了。幫我轉告爸媽說不用擔心。」

「晚點哥哥也要好好報平安喔。」

「我知道。」

「再見。」

將手機收回口袋的花楓離開了。

咲太同樣微笑目送她的背影。

和花楓道別約二十分鐘後，麻衣來到醫院。

在醫院大廳等沒多久，已換上便服的麻衣走了進來。

「傷口會痛嗎？」

她看向咲太的頭。

「好很多了。」

「當時你整張臉都是紅的，嚇死我了。」

「因為妳抱住我，所幸腦袋沒有撞到地面。」

「我說過我會保護你吧？」

兩人聊著這個話題，朝醫院門口踏出腳步。

「穿著警察制服的麻衣小姐超帥的。」

咲太有點忿恨不平似的注視著麻衣的便服。既然要來，真希望她維持那身打扮過來。

「既然能開玩笑，應該沒事了。」

在醫院門口，咲太和剛才接受ＣＴ檢查時關照他的女性護理師擦身而過。彼此說著「啊，請保重」、「承蒙照顧了」打過招呼之後，咲太他們走到外面。
儘管想再和麻衣聊一下警察制服的事，不過今天就算了。咲太有其他想問的事。
「關於聖誕老人，查出什麼了嗎？」
走向停車場的途中，咲太詢問最在意的問題。
「警方也還沒偵訊完畢，所以不方便說什麼的樣子。」
「這樣啊。」
「不過，在現場接受偵訊的幾十個人好像都說了同一件事。」
「同一件事？」
「以為自己是霧島透子。」
「……」
咲太不禁語塞，自然停下腳步。麻衣帶來的情報就是如此震撼。
無法輕易相信這種事。
但是對當場目擊聖誕老人們的咲太來說，只能相信。
知道寧寧發生過什麼事的咲太只能接受這種事。
「大家好像都是在意我『或許是霧島透子』的這個傳聞，今天才會到會場，並不是想對我做些什麼。」

「也不是預先說好的？」

「嗯。」

換句話說，寧寧也是其中一人。

應該會是這麼回事吧。

事實上，寧寧也說她的目的是前往活動會場，並沒有特別想做什麼。

詳情不得而知。

開始覺得在這時候思考也無法理解了。

現在知道的只有一件事。

一件非常重要的事實。

「總之，麻衣小姐平安真是太好了。」

這個事實比任何事都令咲太開心。

「這是我要說的吧？」

「哎，那就是彼此彼此吧？」

「啊，對了，和香說她有話要說。」

「我可沒有。」

麻衣將手機遞給消極的咲太。手機已經在撥打和香的號碼，咲太只好將手機抵在耳邊。

『姊姊？』

傳來和香愉快的聲音。

「是我。」

『不准害姊姊擔心。』

立刻傳來這句怨言。

「豐濱妳沒擔心我嗎？」

『很擔心啊，大哥。』

回應的是另一個聲音。稱呼咲太為「大哥」的人是卯月。

『我好擔心好擔心，演唱會開始前只吃得下三個飯糰。』

「吃三個就很夠了吧，月月？」

而且她講電話含糊不清，應該也正在吃東西。

『總之，謝謝你保護姊姊。』

才想說又換和香接聽，電話就被掛斷了。

咲太盯著掛斷的手機一會。

「搞不懂今天是怎麼回事。」

咲太自言自語般呢喃之後，將手機還給麻衣。

「什麼意思？」

「總覺得見到好多認識的人。」

從拓海、寧寧與郁實開始，然後是理央、佑真、朋繪與紗良，還有花楓，剛才也跟和香與卯月以電話簡短交談。而且身旁還有麻衣陪伴。

「雖然受傷是一場災難，不過或許是見得到大家的好日子喔。」

聽麻衣這麼說就開始這麼認為，感覺可以接受這種說法。

「妳說的對，或許是好日子。」

如此心想的咲太自然而然和走在身旁的麻衣牽起手。

# 终章

# The day before

三月三十一日，星期五。

顯示「即將放榜」的大型電子公布欄前方聚集了超過兩百人。

二十歲上下的年輕人占多數，感覺年齡層增加到三十多歲、四十多歲，人數也隨之減少。

咲太站在這群人後方，同樣抬頭看著電子公布欄。

等待結果的這段時間什麼都不能做，令人焦急。

希望趕快告知有沒有合格。

心神不寧的感覺從腳底向上竄。

不知道「即將」到底是指多長的時間。

思考這種事的時候，電子公布欄的畫面突然切換了。

以白色顯示的三位數數字排滿畫面。

最初是「００１」，最後是「２４６」。儘管各處缺了一些號碼，不過是由小到大依序顯示在畫面上。

咲太在找的號碼是「１３４」。

有「１３０」，也有「１３１」，沒有「１３２」，然後是「１３３」。接在後面的數字是

「134」。

咲太首先深吸一口氣。

用較長的時間「呼～～」地吐氣。真的是鬆了口氣。

號碼顯示在上面就意味著合格。

一大早做準備之後來到二俣川駕照中心的目的順利達成了。

「合格的人請依步驟辦理手續。」

依照教官的指示，聚集的人們分成兩邊。八到將近九成的人露出合格是理所當然的表情開始移動，不過他們剛才內心一定也很緊張吧。

剩下的一到兩成是很遺憾沒能合格的人。

咲太也跟著其他合格者踏出腳步，緊接著意外地被人搭話。

「梓川同學也考過了啊。」

咲太看向旁邊，一張熟悉的臉正看著他。是在大學認識的朋友候補美東美織。

「美東妳今天也來考試啊。」

「我在考試的時候就發現你了。你坐在靠前排的位置吧？」

「那妳考完就立刻叫我啊。」

「當時想說你沒考過的話會很尷尬。」

「也是，如果只有妳沒考過會很丟臉嘛。」

「我好好地考過了，有意見嗎？」

「恭喜妳合格。」

「也恭喜你。」

大約兩個月往返駕訓班的生活也在今天結束。

進行流水線作業完成各項手續，拍大頭照，等待駕照完成約一小時。咲太在十二點多終於領到駕照。

領取駕照也是流水線作業，所以對於取得駕照沒有特別的感慨，咲太和同樣平淡地領取駕照的美織一起離開駕照中心。

兩人並肩走下平緩坡道，前往距離最近的二俣川站。對咲太來說，今天是第一次在這一站下車，美織說她也是。

徒步需要十分鐘出頭的這段路程，咲太配合美織的速度慢慢前進。

「嗯～～」

途中，咲太聽到走在旁邊的美織發出低沉的聲音。

將剛剛領取的駕照拿起來抬頭看，便如此沉吟；放下來低頭看也像是無法接受般沉吟。

「妳對駕照有什麼不滿嗎？」

「這好像是這輩子最爛的一張照片耶。」

美織從剛才就一直瞪著看的是駕照上的照片。

「確實氣色很差，感覺很不健康。」

咲太側眼看見的美織的照片完全沒有捕捉到她的魅力。

「對吧？」

「完全沒展現出妳厭世的感覺。」

「你的呢？」

咲太迅速取出收在錢包裡的駕照。「我看看……」美織說著探頭看。

「唔哇～眼神是死的～」

不知為何，美織似乎很開心。

「我的照片好多了。」

美織拿別人刷優越感，逕自回復活力。

「真奈美的駕照也一言難盡……有人拍得好看嗎？」

「麻衣小姐駕照上的就是像在說『我是櫻島麻衣，怎麼了嗎？』的大頭照喔。」

坦白說，氣場截然不同。

明明麻衣也是在同一個考場考到駕照……

精美得實在不覺得是用同一台機器拍的。

「平常就習慣被拍照的人確實不一樣耶……」

美織感慨地認同。

「啊，對了。說到麻衣小姐我就想到，終於就是明天了吧？」

「嗯？」

「麻衣小姐參加的音樂節。」

「好歹是神祕嘉賓的身分，所以麻衣小姐的名字沒刊登在演出者欄位。」

「因為『＃夢見』，大家早就知道了。社群網站上也很期待她的爆料喔。」

「明明成人之日就說過不是了……」

「因為傳聞死灰復燃了。」

「哎，我知道原因就是了……」

「是聖誕老人事件嗎？」

「經過那個事件，自稱『霧島透子』的人幾乎全滅了。」

那個事件，應該說那場意外之後……咲太過了幾天重新被警方偵訊。供述的內容和當天一模一樣，被問到的問題基本上也相同。

進行這場偵訊的時候，咲太也問了警方一些想知道的事情。警方終究沒有透露偵查中的內容，但也回答了幾件事。

那天在場的聖誕老人都說「以為自己是霧島透子」，包括男性與女性。雖然媒體也有報導這個資訊，不過直接聽警方這麼說就覺得更加真實。

實際偵訊過幾名聖誕老人的男性刑警也直接說出自己的感想：「所有人看起來都不像在說謊，也供稱不是預先說好一起參加活動……老實說，聽起來毛毛的。」

不只如此，那天在場的聖誕老人們如今好像都和寧寧一樣取回了自我。詢問他們回復神智的原因，「因為滿臉鮮血的男性要我冷靜下來，很恐怖」這個回答是最多的。這一點和寧寧的案例不同，大概是受到震撼而清醒的感覺吧。

無論如何，回想起自己是誰，能夠被周圍認知，咲太認為是好事。

只不過這件事造成了一個棘手的影響，這也是事實。

沒人自稱「霧島透子」之後，「霧島透子」候補也沒了。以結果來說，人們從那天到今天對麻衣抱持的疑惑再度浮上檯面。

自稱「霧島透子」的眾多聖誕老人在那天聚集在麻衣身邊的這個事實，也加速了社群網站上的臆測。確實是會讓人認為有所關聯的狀況。

「所以麻衣小姐說她會在明天的音樂節再一次否認。」

「這樣啊。」

兩人被站前的紅燈擋住而停下腳步。

車輛在眼前經過。

「霧島透子是什麼人呢？」

咲太自然而然脫口而出的是這個率直的疑問。

得知她不是岩見澤寧寧的現在毫無線索。

只知道是在影音網站當紅的網路歌手。

「梓川同學認為是什麼樣的人？」

「總之，我認為是很會唱歌的人。」

「這個人在胡鬧耶～～」

美織哈哈大笑。她並沒有認真要求回答，咲太也沒有認真尋求答案，所以這樣就好。朋友之間……更正，朋友候補之間的對話就是這麼回事。

綠燈亮起。

咲太帶著微笑再度踏出腳步。

明天，許多年輕人說自己夢見的這一天——四月一日即將到來。

# 後記

既然您在閱讀這篇後記，劇場版《青春豬頭少年不會夢到嬌憐外出妹》應該正在上映。漫畫版的《戀姊俏偶像》、《嬌憐看家妹》以及《懷夢美少女》應該也正依序公開。

各位是否以各種形式享受了《青豬》的世界？是的話我會非常開心。

劇場版《青春豬頭少年不會夢到紅書包女孩》也即將在冬季推出，《青豬》今後也請各位支持與指教。

又及，《青豬》也終於要進入最終章。

鴨志田一

## 明日，裸足前來。 1~2 待續

Kadokawa Fantastic Novels

作者：岬鷺宮　插畫：Hiten

**讓高中生活重新來過，試著阻止二斗失蹤。**
**青春×穿越時空，渴求好友關係的第二集！**

五十嵐萌寧做出不再依賴好友的「放下二斗」宣言。我也為此提供協助，與她一起找出興趣。經營IG、玩五人制足球，甚至幫她交男朋友？另一方面，二斗在新曲推出後爆紅，順利在藝術家之路向前邁進。然而，這意味著第一輪發生的大事件將近……

各 NT$240/HK$80

## 青梅竹馬絕對不會輸的戀愛喜劇 1~9 待續

Kadokawa Fantastic Novels

作者：二丸修一　插畫：しぐれうい

### 女主角們之間戰雲密布，聖戰開打的第9集！

我跟老爸吵架，在衝動下離家出走，正走投無路時居然就接到白草打來的救命電話！我到白草的房間，便發現白草散發的氣息好像跟平時不同……？面對情人節，白草決定要一決勝負。她能贏過領先一步的黑羽，還有虎視眈眈地等候機會的真理愛嗎？

各 NT$200~240/HK$67~80

國家圖書館出版品預行編目資料

青春豬頭少年不會夢到聖誕服女郎/鴨志田一作 ；哈泥蛙譯. -- 初版. -- 臺北市 : 臺灣角川股份有限公司, 2024.01

面；　公分

譯自 : 青春ブタ野郎はサンタクロースの夢を見ない

ISBN 978-626-378-388-1(平裝)

861.57　　112019362

Kadokawa Fantastic Novels

# 青春豬頭少年不會夢到聖誕服女郎

（原著名：青春ブタ野郎はサンタクロースの夢を見ない）

2024年2月1日　初版第1刷發行

作　　者：鴨志田 一
插　　畫：溝口ケージ
日版設計：木村デザイン・ラボ
譯　　者：哈泥蛙

發 行 人：台灣角川股份有限公司
總　　監：呂慧君
總 編 輯：蔡佩芬
主　　編：林秀儒
編　　輯：孫千棻
設計指導：陳晞叡
美術設計：吳佳昀
印　　務：李明修（主任）、張加恩（主任）、張凱棋

發 行 所：台灣角川股份有限公司
地　　址：104台北市中山區松江路223號3樓
電　　話：（02）2515-3000
傳　　真：（02）2515-0033
網　　址：www.kadokawa.com.tw
劃撥帳戶：台灣角川股份有限公司
劃撥帳號：19487412
法律顧問：有澤法律事務所
製　　版：尚騰印刷事業有限公司
ＩＳＢＮ：978-626-378-388-1